こうしてイギリスから熊がいなくなりました

ミック・ジャクソン
田内志文訳

BEARS OF ENGLAND

by

Mick Jackson

目次

こうしてイギリスから熊がいなくなりました

1
精霊熊

Spirit Bears

まだ電灯もオイル・ランプもなかったころ、夜は底知れぬほど圧倒的な力を持っており、陽の光もさっさとその座を譲り渡したものであった。日暮れ時は夕闇時に道を明け渡し、それから夜が訪れろうそく時になる。就寝時は、希望の最後の砦《とりで》であった。それを過ぎると、すっかり真夜中になるのだ。

真夜中は埋葬とどこか似ており、まるで重い岩のように、どの家にもゆっくりとのしかかっていった。そうして過去を覆い隠し、未来を遮《さえぎ》ってしまうのだ。希望も目標も、すごすごと立ち去ってしまった。そして、そうしたものが消えている間、世界はぐるりと様変わりするのである。夜は、謎めいた力を持っていたのだった。

あらゆる意味でものを知らず迷信にまみれたイギリスの人々は、夜に飲み込まれてしまうことを恐れ、あえて真夜中に外出しようなどとは夢にも思わなかった。恐ろしい夜が続く間は扉という扉を閉めてしっかりと閂《かんぬき》をかけ、ようやく一番鶏が鳴いて夜から解放さ

れるのをじっと待ったのである。夜中になにかをひっかいたりこすったりするような音が聞こえ、枯葉ががさがさと鳴ろうものならば、人々はあれは悪魔のしわざだ、森をなにか邪《よこしま》な存在が跋扈《ばっこ》しているのだと考えた。そして村人たちはもっぱら、そうした悪魔は精霊熊の姿を取って現れるものだと空想していたのだった。

　そうした夜の熊たちは一頭か二頭で現れて戸口や窓辺に忍び寄り、嵐の夜には大きな群れとなって大騒ぎし、そこかしこをめちゃくちゃにしてしまうものだとされていた。そうして夜が明ける直前に姿をくらまし、秘密の道を通って元の野生の世界へと帰っていくのだと。

　村人たちは精霊熊の存在を感じると伝統に従い、隣人たちに注意をうながすべく古びた山羊《やぎ》の角笛《つのぶえ》を吹き鳴らした。だが――聞いたことのある者なら口をそろえて言うことだろうが――山羊の角笛とは人が想像しうるもっとも陰鬱《いんうつ》な音色をたてて、どんなに明るい心すらも深い憂いで満たしてしまうものである。さらには、その音色に警戒心を掻《か》き立てられた隣人たちが自分まで山羊の角笛を持ち出し、吹き鳴らしはじめる始末なのであった。そんなわけですぐさま夜闇《よやみ》に山羊の角笛の大合奏が起こり、人々は眠ることなどまったくできなくなってしまうのだった。

「外に熊がいるぞ」と、角笛は告げる。「外に熊がいるぞ」

　当時はイギリスじゅうどこに行っても、程度の差こそあれ、人々はこの精霊熊に頭を悩ませていたのであるが、ここにひとつ、追い詰められてのっぴきならない状態になってしまった小さな村があった。森の端《はた》に張り付くように、せいぜい二十軒ほどの家が建つだけの村落である。

　住人たちはみな、自分たちはとりわけ邪悪な精霊熊の群れに長いこと悩まされ続け、追い払おうとし

続けてはきたが万策《ばんさく》尽き果てたと思っていた。これまでにも森の端に立つ木々の枝々に古い布切れを縛り付け、大量の塩をさまざまな形や模様にして森林の地面に撒《ま》いてきた。それでも熊がいなくなることはなかった。そこでしまいに村人たちは、この状況を打ち破るためにはひとりの村人を森に送り込んでどうにか熊たちの間にもぐり込ませ、あわよくば説き伏せるしか道はないという結論に達したのである。

長々とした話し合いの末に投票を行った結果、そのような仕事を任せるのは老《オウド》・トムしかいないと満場一致で話がまとまった。彼が候補となったのは歳を取っており（呼び名にも表れているとおりである）、頭もずいぶん鈍《にぶ》くなっているし、そして妻も子供もいないため、万が一天に見放されて森に分け入ったまま二度と戻ってこられないようなことがあって村からいなくなったとしても、大して胸を痛める者もいないだろうという理由によるところが大きかった。

その決定を彼が知らされたのは、薪《たきぎ》集めの遠出から帰ってきたときのことだった。自分の知らぬなにかが起きている予感を彼は覚えた。小道沿いに村人が総出で並び、歓声をあげながら彼に拍手しているのである。彼の憶えている限り、薪集めからこうして出迎えられたことなど、ただの一度もありはしなかった。

報せを聞いた彼は一瞬、そんな大役を任されて光栄に感じた。誇らしくすら思った。だが、やがてこのささやかな使命の恐ろしい姿がもくもくと彼の中で膨《ふく》らみはじめ、細部まで鮮やかに見えるほどに膨らみ続け、そうこうしているうちにすっかり彼が暗闇の中に送り出される時間になっていた。

日暮れ時を迎えて間もなく、ふたりの老女が彼を一軒の納屋に連れていくと、できるだけ警戒されずに熊の中で動き回れるように装いを施《ほどこ》してくれた。老女たちは、熊は森の生き物なのだから、きっと森で見つかるあれやこれやから出来ているに違いないと考えた。そこで、長いより糸を使って枝やコケを彼の体に縛り付け、隙間に枯葉や薪を押し込み、オウド・トムをすっかり木の葉まみれに仕立て上げてしまった。それが済んで彼が納屋の中を歩き回ってみると、枝や木切れの重みで、まるで彼ではなくなってしまったように見えた。老女たちはこれを見てひどく不安になってきたので、口実を作ってさっさと家に帰り、気持ちを鎮《しず》めるために強い酒を飲んだのだった。

夕闇時が訪れるとオウド・トムはいつもよりさらに不安になった。ろうそく時になるころ、ピーター青年がちょっとした励ましの言葉をかけにやってきた。彼は、いつか村長になろうという高き理想を抱く青年であった（その日早くにトムが推薦されることになったのも、主に彼のしわざだった）。

「なるほどなるほど」ピーターは、コケと枝の装いに身を包んだオウド・トムを見ると口

を開いた。「その格好ならば、熊どもの中にいても疑われたりしますまい。くれぐれも、精一杯熊の気持ちになってくださいよ」

彼はそう言うと、自分の言葉がちゃんと届いているかを確かめるように、シダの葉や樹皮の装いをじっと覗き込んだ。小枝の奥で、ふたつの瞳が瞬《まばた》きするのが見えた。「今のあなたを見たなら……」ピーターは、どう言ったものかといった顔をして口ごもった。「……きっとあなたが熊になったと思う人もいるでしょうね」

オウド・トムはなにも言わずに押し黙っていたが、その目がきょろきょろと左右に動くのを見て、ピーター青年はちゃんと聞こえているしるしと受け取った。そこで、彼は暇乞《いとまご》いをすると、自分の小屋に引き返

し、他の者たちと同じように完全に閉じこもってしまった。

トムが仕上げにどんな準備をしたのか、目撃した村人はひとりとしていなかった。むしろ刻々と時が過ぎていくに従いオウド・トムは、その古い納屋で自分がなにをしているのかもだんだんとよく分からなくなっていたのである。これは、彼が言われたとおり熊に見えるように、そして熊の気持ちになるように最善を尽くし、やがてはついになにかの儀式のような動作をいくつも続けているうちにゆっくりとオウド・トムらしさを失い、より野生的な、より原始的な世界に棲《す》んでいるような気になっていったからであった。

奇怪なまじないをするかのように足を引きずりうろつき回りながら、彼はゆっくりと理性を捨て去り、なにかトランスしているような状態になっていった。オウド・トムの目はいつしか、熊の目に変わっていた。そしてキイチゴの小枝やイバラにみっちりとくるまれたその心は、精霊熊の心へと変わり果てていたのだった。

真夜中が訪れるころになると、村人たちはひとり残らず窓辺に立っていた。誰もがこの謀略に関わってしまった自分に対する嫌気《いやけ》を胸に秘めながらも、一方ではこれから起こるできごとを思うと、否が応でも胸は高なった。オウド・トムが盛大に出発するものとばかり期待していた村人たちは、がっかりさせられることになった。彼らからは、枯葉をまとった人影がさっと家の前を通り過ぎ、森の中へと姿を消していくのがちらりと見えただけだったのである。

　夜がふけていっても、村人たちは窓辺から動かなかった。月のない夜であった。いつものごとく、興奮した熊たちがたてていると思しき喧騒があたりから聞こえていたが、その中に、聞き覚えのない叫び声や悲鳴が混ざっていた。そしてふと長いいななきのような声を聞き、村人たちはいっせいに血を凍らせた。

　冬の夜とはいつでも長いものだが、この夜はとりわけ長かった。永遠に明けないのではないかとすら思えた。最初の喧騒が収まってしまえば、あとにはただ静寂が広がるばかりであった。こんなにも深い静寂を一度も味わったことのない村人たちは、精霊熊の襲来と同じくらいに震え上がった。しかし、やがて一番鶏の鳴き声がその魔力を打ち破るとドアというドアが開き、親愛なるオウド・トムの痕跡をどこかに見付けようと、村人たちが一斉に表へ飛び出してきたのだった。

　地表に低くたれ込めた霧の中に、村人たちはおそるおそる足を踏み出した。だがトムの木の葉や枝の偽装があまりによくできていたため、捜索は困難を極めることになった。ようやく彼を見付け出したのは、ひとりの子供だった。オウド・トムは森のずっと奥で、倒木にもたれかかるようにして倒れていたのだった。彼の目は見開かれていた――かっと見開かれていた――がひどくうつろで、その奥にある心はまだ生きてはいるものの、まったくの異次元に飛んでしまっているかのようであった。

村人たちは、木の葉に身を包んだままの彼を運んで帰った。そして、枝葉を使い入念に偽装を施した老女たちが、今度はひとつひとつていねいに彼からそれを剝ぎ取っていった。オウド・トムが口をきけるようになるまでは、何時間もかかった。老女たちが延々と時間をかけて必死に彼を蘇らせようと、両肩に煮立てたヒソップ（古くから浄化の薬草として使われてきたミントの一種）を擦り込み、タンジー（ハーブの一種で、強壮剤、解熱剤としても使われた）とバレリアン（古代より精神安定作用があるとして薬草に使われてきた）で額《ひたい》をこすり続けたのである。

彼が言葉を口にするころには、村じゅうの人々が、この老人がどんなに変わり果ててしまったのか、熊たちに関する吉報はないのかと、納屋に詰めかけていた。そして、矢継ぎ早の質問を受けてうなったりうなずいたりする彼の様子から、オウド・トムが本当に熊たちと会ったこと、一緒に過ごしたこと、そしてなにより、何らかの取引を結んできたことを悟ったのであった。

「つまり、熊どもは取引に応じたというのかね？」ひとりの村人が訊ねた。

オウド・トムはうなずいた。

「そして、俺たちをそっとしておいてくれると？」

トムはまたうなずいた。

これを聞いた村人たちは興奮して抱き合い、歓声をあげ、心からの深い安堵《あんど》に誰もが涙を流した。やがてそれも収まりみなが静まると、ひとりがおずおずと質問を口にした。

「見返りを求められなかったのかい？」

オウド・トムは老いぼれくたびれ果てた顔でもう一度うなずき、指を一本立ててみせた。指にはまだ森の土や汚れがこびりついていた。彼は腕を差し伸べて群衆を舐《な》めるようにぐるりと振ると、ピーター青年をぴたりと指した。

ようやく口を開くことができたトムの指示によると（というよりも、精霊熊から彼に託された指示に他ならないのだが）、ピーター青年を縛り上げて間に合わせの檻《おり》に閉じ込め、三夜を通し、熊たちが近づいてよく見ることができるよう森に置き去りにせよとのことだった。どうやら熊たちはこの青年が持つ底なしの自信に興味をそそられているらしい。

哀れなピーターにとってはおそらく、一夜目が最悪だったのだろう。夜明けを迎えるころには、髪はすっかりまっ白になってしまっていた。だが三夜目ともなると彼もずいぶんと落ち着き、叫んだり怒鳴ったり、檻の格子に頭を打ち付けたりするのをやめたのだった。それからというもの、ピーターは――だんまりのピーターとして村人たちに知られるようになるわけだが――狡猾《こうかつ》さも雄弁家めいたところもすっかりなくなり、じっとおとなしく隅に座り込んで古びた革の端切れや木切れをいじくり回して過ごすことが多くなった。

ひとりの人間のありようが、これほどまでに短い時の流れのうちにこうも変わってしまうとは、実に驚くべきことであった。だんまりのピーターが物陰に引っ込み続けている間に、トムは村のシャーマンのような役割をになうようになり、みるみる尊敬を集めていった。薪集めの老人からすれば、これは大躍進である。彼は年配者ならではのささやかな知恵を必要とする相談にあれこれと乗りながら、そうしてのんびりとした日々を送った。だが年に一度だけ、彼は例の老女たちに枝葉の偽装を施してもらうと、真夜中を待って森に分け入った。そうすると彼の評判は高まり、誰に話を聞いてみても、トムはそうするのが幸せなのだと答えた。

精霊熊たちがどうなったのかを、ひと口で語るのは難しい。きっと秘密の道や裏道を抜けて自分たちが住む闇の世界へ帰ったに違いないという者もいれば、村人たちの空想世界の深淵に潜んだのだという者もいた。だが、どちらが熊たちにとって安らかなのかを断言できるのは、勇気ある者だけなのである。

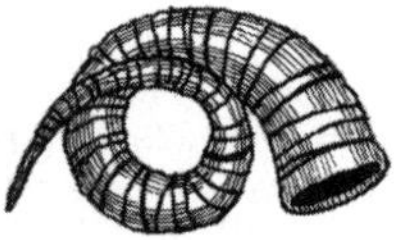

2

罪食い熊

Sin-Eating Bears

熊は、食わなくてはならない。それが自然の摂理というものだ。餌《えさ》がなくなると熊は往往にしてすぐさま不機嫌になり、不機嫌な熊というものは誰にとっても厄介の種となるようなことばかりするものなのだ。まさしく、熊の食料に対する需要こそが英熊関係の根底にあるといってよい。だがそんな熊の飢《う》えがたった一度だけ、わずかとはいえ英国史を変えた時期があった。熊がまず尊敬され、続いてわずかの間ではあったが崇拝すらもされかけた時期である。

昔のイギリス人は熊を食ってしまおうと試みたものだが、これはまったくもって惨《みじ》めな結果に終わった。食うということは必然的に少々の狩りをしなくてはならないわけだが、熊狩りというものはいつも決まって最後には、熊のほうが形勢を逆転させ、自分を食おうとしに来たまさにその相手を逆に食ってしまって終わるものなのだ。

すっかり意気消沈したイギリスの狩人たちは自分たちの住処《すみか》へと引っ込み、もっと簡単に鍋の中に入れられる、鶏《にわとり》やうさぎのような動物を飼育しはじめた。そして熊たちはすっかり野放しになり、古代イギリス人たちとよほど大きな利害の衝突でも生じない限り、自分たちが暮らしたいように暮らしたのだった。

果たしてイギリス人は異国人と比べてなお罪深き人々なのか、このようなところで考えてみてもしかたあるまい。だが無論のことイギリス人もまた他の人々と同様、あの世へと旅立つ前には自分の汚点や悪目《あくめ》をこの世から消し去りたいと心から願うものなのである。そして人々が抱くそんな欲望のおかげで、狩りの獲物としてはまったく適さなかった熊たちも、ようやく古代イギリス人社会に居場所を見出したのである。

古きイギリスには、長く伝わる伝統があった。死者を悼《いた》む家の前に身分が卑《いや》しく実入りも乏《とぼ》しい人々が――言い換えるならば、ちゃんとした食事に飢えている人々が――集まり、そこでパンとエールの供物《くもつ》を食すのだ。そうすることにより、最後の審判の日に先駆けて、これから旅立つ死者の罪を引き受けるのである（この食事により死者の罪を呪術的に自らに取り込む、罪食い人〈シン・イーター〉という人々が存在した）。

正気の者であれば、こんな仕事をしたいなどとは思わない。実を言うと、こうした仕事は決まって社会の下層に暮らす人々に任されたのである。そんなわけだったので、やがて彼らがすっかりうんざりし切ってしまったのも、無理のない話だろう。食い続けた罪の重みが耐えられぬほどになったのだ。もしかしたら、いずれ自分が主《しゅ》に見《まみ》えるその日には、自分たちが背負い込んだ嘆かわしいほどの罪を引き受けてくれるほど腹を空かせた者などひとりとして現れないのではないかと、恐ろしくなったのかもしれない。だが、伝統とは変わるものなのだ。徐々に変わっていくこともあるが、ときにはひと晩のうちにがらりと変わってしまうこともあるものなのだ。

ある年老いた男が死んだ。夜明けになると、習わしに従いパンとエールが外に用意された。寡婦はベッドに横たわる夫の亡骸《なきがら》の隣に腰かけた。太陽が出て、ゆっくりと天穹《てんきゅう》を昇っていった。寡婦は腰かけていた。寡婦は待っていた。そして座ったまま、一日じゅう待ち続けたのだった。外ではパンがすっかり固くなり、エールには虫がたかっていた。だが、罪食い人はひとりとしてやってこなかった。

夜明けに寡婦は立ち上がると、窓辺に歩み寄って外を覗いてみた。そして、今にもパンとエールを片付けに出ようとしたところで、ひとつの影が道をやってくるのに気がついた。じっと見守る彼女の前にゆっくりとやってきたのは、一頭の熊であった。中年の少々みすぼらしいその熊は、のそのそと歩いてきながらも、なにかふと動いたりはしないかと周囲の様子に目を配り続けていた。熊は一度、目もくれずに家の前を通り過ぎていった。そして立ち止まるとやや後ずさり、もう一度ちらりと見た。

老女が後に認めた話によると、やはり人間に食してもらうのが理想的であった。だがそのときは状況が状況だけに、罪をすべて平らげてもらえるのだと思うだけで彼女はありがたかった。寡婦は熊に異変の起こる気配はないかと、食べているその様子を窺《うかが》った。夫には神の赦《ゆる》しを必要とするような罪深き行いがいくつかあるのはよく分かっていたし、他にもふたつ三つはあるのではないかと疑っていたからである。しかし熊はこれといっておかしな様子もなく飲み食いを続けた。何度かぼりぼりと耳を掻《か》くのが見えたが、寡婦はあまり深く考えないことにした。

　熊はパンを平らげ、両手をはたいてパンくずを払い落とした。そして顔を上げると窓を見つめ、老女の姿に気がついた。彼女が言う

には、熊はまるで射抜くようにまっすぐに見つめてきた。あまりに強烈なその視線に貫かれ、まるで魂の隅々まで眺め回されているかのような心地だった。熊はしっかりと、この老女はつい今しがた己が罪を食らった人物の妻なのだと把握した。そして視線をじっと彼女に据えたまま、重苦しくひとつうなずいた。実にかすかではあったが、確かにうなずいたのだと老女は言う。彼女がこれから耐え忍ばなくてはならない悲哀なら自分にもいくらか分かるのだと、まるでそう言っているようだった。熊はビールを最後まで飲み干すと手の甲で口をぬぐい、道の先に消えていってしまったのだった。

それからものの数ヶ月のうちに、罪食いという役目は飢えた人々から飢えた熊のものへと移り変わった。無論、熊たちにしてみればどうでもいいことだった。パンとビールにしか関心がないのだ。近ごろでは以前よりもパンやビールが出されていることが増えているのに、熊たちはうっすらと気づいていた。もしや自分たちのために出されているのではないかとすら、疑念を抱いていた。だが、その見返りに自分たちに求められている役割など、まったく知らなかった。

だが人々はおかまいなしに、どんどん熊たちを神秘的なものへと仕立て上げていった。森の奥深くで狩人たちが熊の会議に出くわしたという噂話が流れはじめた。急ごしらえの説教壇に立った一頭の熊が、大勢の会衆熊に向けて説教をし、秘密の儀式を行っていたというのである。またある者は声を潜め、山々の高みに建てられた熊の修道院の話をした。熊にしか到達できない山々の頂《いただき》に作られた修道院に熊たちが座し、来る日も来る日も黙したまま森羅万象《しんらばんしょう》に思いを巡らせているというのだ。中には（ほとんどは愚《おろ》か者か変質者の類《たぐい》であるのは確かだが）、道に迷ったり大怪我を負ったりして洞窟病院で意識を取り戻したところ、熊たちに看護されていたなどと話し出す輩《やから》までいる始末であった。

　これぞ、やがて聖なる熊――怪我人に向けて手をかざすだけで癒《い》やすことのできる、神聖な生き物である――の時代として知られることになる時期のはじまりであった。そして普段ならば分別のある人々が次々と、自分も癒しの手の恩恵に与《あず》かったことがあるなどと言いはじめたのだった。

　今にして振り返ればそのような考えが長続きするわけなどありはしないし、実際そのとおりだった。熊たちの名声は、みるみるうちに無残にも失墜したのである。癒者《いしゃ》として瞬《またた》く間に神聖視されたはずの熊たちは、同じくらい瞬く間にその座から追放されていった。人々がこのように手のひらを返した理由は、おそらくある一件のせいだった。とある夕刻、一頭の熊がパンとビールをただ食いすると、ひと眠りするため自分の住む洞穴へと引き返していった。長々とした深い眠りを熊がむさぼっていると、夢の中にゆっくりと見知らぬものが入り込んできた。それは人の思い……人の記憶であった。

なにか不吉なものが、熊の心の中へと這《は》いずり込んできた。熊は身をよじり寝返りを打ったが、それでも目覚めはしなかった。そして、熊は血を見た。「人殺し！」という叫び声を聞いた。自らの内に人間の罪悪感が湧き起こり、魂を飲み込んでいくのを感じた。

はたと目を覚ましてみれば、熊は森の中を駆けていた。まるでその中に蜂の群れでも詰まっているかのように、熊は頭を抱え込んだ。そしてわけも分からぬまま、前日に自分がパンとエールを飲み食いした村へと向かっていったのだった。

葬儀に参列した家族や友人たちは、その後降りかかる運命など露知《つゆし》らずにいた。みな、質素な追悼会に出席したのち、遺体に付き添って最後の安息の場へとやってきたのだった。異変を告げる最初の兆候は、森の奥深くから響いてきた咆哮《ほうこう》だった。それを

耳にしたのはほんの数人だけだったが、大して気にも留めなかった。今にも地中に降ろされようとしている友人のことで、頭がいっぱいだったのである。

次にまたものすごい吠え声が響き渡ったかと思うと、五十ヤード先に立つ壁を乗り越えてくる熊の姿が見えた。熊は墓石や墓碑をいくつかなぎ倒しながら、猛烈な勢いで墓場を駆けてきた。そして墓穴のそばでもう一度咆哮したが、もう人々は葬儀を放り出し、口々に悲鳴をあげながら、蜘蛛《くも》の子を散らすように逃げ出した後であった。

熊は、そんなことにも気づかない様子だった。木の棺《ひつぎ》に飛び乗り、瞬く間に引きちぎるようにして蓋《ふた》を開けてしまった。棺の主を鷲摑《わしづか》みにし、外に引きずり出す。すこし離れたところまで逃げていた幾人かの参列者たちが思わず足を止め、ことの成り行きに目を凝《こ》らした。熊の巨大な頭が、死者の骸《むくろ》に覆いかぶさっていく。参列者たちは、きっとパンとビールで食欲を刺激された熊が、もっと腹にこたえる食事を求めて戻ってきたに違いないと考えた。

だが、事実はまったくその逆であった。大きく四度喘《あえ》いだかと思うと、熊が胃袋の中身をすっかり吐き出してしまったのだ。そのまま地面にへたり込んで肩で息をしはじめたが、熊はそれでもぐんと気分がよくなっていた。視界もはっきりとし、苦痛も楽になっている。昨夕に平らげた罪がすべて体の外に排出され、あるべき持ち主の元に還《かえ》ったのである。

熊は棺からのそりと這い出すときょろきょろと周囲を見回した。また人々が悲鳴をあげて逃げ出した。だが熊は見向きもせずにしばし自分を落ち着かせると、人々に背を向けて森に引き返しはじめたのだった。すこし吐き気が残ってはいたが、人々が放蕩《ほうとう》ゆえの二日酔いで覚える吐き気に比べれば可愛いものであった。

その瞬間に熊崇拝の時代は終焉《しゅうえん》を迎え、熊への恐怖と憎悪の時代が舞い戻ってきたのだった。熊の頭部からは光輪が掻き消え、癒しの手からはその力が消え去った。イギリス人たちの罪を肩代わりする役目を熊たちは拒否し、自らの行いの責任は自分で取れと国民たちに義務を負わせたのだ。そのせいで、熊は二度と許されることがなくなったのである。

3

鎖につながれた熊

Bears in Chains

これほどまでに読者を陰鬱《いんうつ》な気持ちにさせる物語を持つ熊など類《るい》を見ないし、この熊ほど強烈な恥辱を人類に感じさせる哀れな存在も他にいはしない。繊細な気質をお持ちの読者諸君はさぞかしこの章を飛ばしてしまいたい気持ちに駆られることだろうし、無論、それは読者の特権というものだ。だが、この章を読み進めるに足るだけの理由が最低ふたつあることは、胸に留めておいていただきたい。まず第一に、ただでさえ薄い本だというのに長めの章をひとつ飛ばしてしまうとなると、この本がパンフレットに毛が生えた程度のしみったれたものになってしまうこと。そしてこちらのほうが重要なのだが、繊細な気質を持つ御仁というのは、一日の終わりに灯りを消せば、自ら読み飛ばしたはずの章へと想像力が否応なく舞い戻っていってしまうものなのである。そうなると人の想像力というものは、怯え切った心にしか思いつくことのできないありとあらゆる恐怖や熊の残虐《ざんぎゃく》さをじわりじわりとそこに付け加えてしまうものだが、きっとそれは、ここに書かれているどんなことよりも遥かにひどいことばかりなのである。

　そのようなわけなので、まずはここに熊いじめのあらましを書き記すところから始めさせていただきたい。ざっくばらんに言ってしまうと、どこから着手すべきかの判断は難しい。鉄の首輪と広場の中央に突き立てられた柱、そして首輪と柱をつなぐ一本の頑強な鎖についてだろうか。それとも広場への熊の入場と、その熊に浴びせられる怒声や歓声についてだろうか。無論、この熊道楽への熱狂を分かち合うためにその場に集まった、何百、何千という一般大衆について触れないわけにはいかない。彼らは、たとえ熊が鎖を引きちぎって自由になろうとも命の危険などとは無縁の、まったく安全な高みから見物を楽しんだのである。

　それに、犬たちも忘れてはいけない。犬が入場する。歓声がさらに高まり、徐々に緊迫感の漂う静寂へと変わっていく。犬はゆっくりぐるぐると円を描きながら、じっと熊の様子を見張り続ける。やがて一頭目の犬が飛びかかって嚙《か》み付き、さっと安全なところまで引っ込む。すると今度は二頭目、三頭目の犬が同時に攻撃を開始し、熊のあちらこちらに飛びかかるのである。もう群衆は総立ちだ。また大歓声が湧き起こる。そうしてこの余興は進んでいくのである。

　熊は犬を囲いに投げ付けたり、引っぱたいたりしたが、中にはときおり嚙みつこうとし続ける犬を鷲摑《わしづか》みにして引き寄せ、絞め殺してしまおうとする熊もいた。そこで今や犬たちは、柱と首輪をつなぐ鎖の長さを測り、きっちり何ヤード離れていれば自分の身が安全かを把握するようになっていた。そして、犬は大群である。熊が一頭を仕留めようとがんばろうとも、次の一頭が襲いかかってくる。一頭や二頭は骨を折り、流血しながらすごすごと引き下がるものの、残った犬たちは半狂乱となって猛然と向かってくるのだ。そうして、最後の一頭まで犬が力尽きてしまうか、もしくは熊が倒れ伏して絶命するかまで、互いの身を引き裂き合う闘いは続くのであった。

子供にしてみれば初めての闘熊場《とうゆう》訪問は、わけも分からぬ体験だったことだろう。目の前で繰り広げられる血で血を洗う闘いを別にしても、周囲には血に飢えた人々があふれ返っているのだ。だがお祭しのとおり、何度も闘熊場へと足を運び続けているうちに、恐れや不安は徐々に消え去っていった。その場を包む熱狂にも繰り広げられる死闘にも、だんだんと慣れていくのである。そうしていつかふと気づけば、自分も群衆と一緒になって立ち上がり、手を振り上げながら叫んでいるのだ。

この熊たちのことを言うなら、イギリス在来種の熊の直系にあたる熊たちであったのか、それともどこか遠くから連れてこられた外来種であったのかを判断するのは、今となっては容易《ようい》ではない。とはいえ、ここではとりあえず、イギリスの熊ということにしておこう。

なにはともあれイギリスで囚われ育てられ、イギリス人たちの娯楽のためにイギリスの地で殺されたのだから。そして殺されてしまうと熊たちの亡骸《なきがら》はイギリスの土に埋められ、イギリスのミミズたちがゆっくりとそれを喰らい、イギリスの風がその記憶を消し去っていったのだ。そのようなわけなので、いくら当時の熊たちが自分をイギリスの熊だと考えていなかったとしても、今や紛うかたなきイギリスの一部となっているのである。

死んだ熊たちはその日の夜になると台車で秘密の場所へと運ばれ、穴の中に放り込まれた。そうした秘密の場所の所在は公《おおやけ》にされていなかったので、語り継がれてきた癒しの手の迷信を追う者や、邪《よこしま》な好奇心を抱く者がときに現れると、自らその場所を突き止め、壁や柵をよじ登って夜の見張り番の目を盗み、近くでよく見てやろうとやってきた。だが現在、熊の亡骸までたどり着いた者として知られるのは、ただひとりである。その名を、ヘンリー・ジャックスという。ジャックスは、木かなにかにくくり付けて降りてやろうと長いロープを一本用意していたのだが、いざその場にたどり着いてみると、木や柱の類《たぐい》はなにひとつ見当たらなかった。だが、おそらく穴の縁《ふち》に立ったジャックスは、惨殺《ざんさつ》された熊たちの死骸の中から何本かの手が突き出しているのを見下ろしながら、穴のへりはそれほど切り立っていないから途中に手がかりや足がかりがいくつかあれば登り降りは可能だと踏んだのであろう。

彼はやすやすと穴に入り込むと、最後の数フィートを飛び降りた。そして、熊たちの死骸の中を歩き回りはじめた。ジャックスが熊の手を持ち帰ろうとしたのが自分のためだったのか、それとも誰か他の者を相手に売りさばくためだったのかは知るよしもない。どのような意図であったかはともかく、ジャックスはリネンにくるんだノコギリを一本ポケットに忍ばせ、顔に巻いたハンカチで鼻を覆っていた。だが、そのような用意はまったくなんの役にも立ちはしなかった。もし前もって人に訊ねて回ってさえいれば、熊が三、四頭穴に入れられるごとにシャベル何杯分もの消石灰《しょうせっかい》が一緒に投げ込まれていたのが分かっていたことであろう。そこかしこで熊の手を切り取りながら死骸の中を歩き回っていると、すぐに両手と両膝がむず痒《がゆ》くなり、やがて燃えるように熱くなった。そして、ジャックスがこれはなにか様子がおかしいぞと気づいたときには、すっかり手遅れになっていたのである。

彼は這《は》いずるように穴のへりに引き返すと、地表に続く急斜面を登ろうとした。降りるときに手や足をかけた壁のくぼみを探した。だがジャックスの手はもうひどい水ぶくれに覆われており、とても使いものになどならなかった。見下ろしてみれば、両手はまるで月明かりに燃え上がるかのようであった。隅から隅まで黒ずんで膨《ふく》れ上がっていた。すっかり消石灰に埋もれてしまう直前に迎えた最期の瞬間、ヘンリー・ジャックスにはもう、自

分の両手がまるで熊の手のようにしか見えなかった。

翌日、そこを訪れる者は誰もいなかった。そして翌々日の黄昏《たそがれ》間近に四人の男たちがやってくると、哀れなヘンリー・ジャックスの真上に熊の死体をいくつも転がし、彼がいるのにも気づくことなく、さらに大量の消石灰を撒《ま》いていったのだった。ジャックスの妻はずいぶん経ってから夫が行方不明であることを届け出ると、さらに一日二日してから、おそらく行き先はここではなかろうかという場所を提示した。そのころには消石灰のせいで状況はすっかり最悪になっており、ジャックスの成れの果てを引き上げるのには甚大な労力が必要になるであろうと見なされ、彼をそのまま放置しておくよう決定が下されたのだった。

これは実に有意義な教訓だが、その教訓が具体的に何なのかということは、読者諸君の判断に委《ゆだ》ねるのが最善であろう。しかし、ヘンリー・ジャックスの死そのものは我々にとって大して重要なことではない。なので我々もまた彼のことは腐敗するに任せ、犬どもを打ち倒して墓穴入りを逃れた一頭の熊のことに注意を向けてみるとしよう。その行動により残りの熊の運命に多大なる影響を及ぼした熊である。だがこの生き物を紹介するためにはまず、いつも敵対者を千切《ちぎ》っては投げしていたはずの熊がいかにして人気を獲得するに至ったのか、そして観衆たちがなぜその熊に声援を送るべく闘熊場に足を運ぶようになったのかを説明しなくてはなるまい。つい先週か先々週までは同じ観客たちが同じ熊が八つ裂きにされる様を見物してやろうと思っていたことを思えば、これはなんとも妙な話なのである。

このように人々の人気を獲得することに成功した熊もわずかにおり、そうした熊たちの人気たるや底なしであった。観客は自分たちが応援団であることを示すため色とりどりのスカーフを自分たちの袖に縫い付け、ひいきの熊の絵を描いたプラカードを闘熊場へと持ってきた。そうして名声を獲得した熊はたった三、四十頭ほどであったが、ひとたびそのように人気者になった熊だけが死を免《まぬが》れることができたらしい。

さて、ここに登場するのは、人々から「サムソン」と呼ばれた一頭の熊である。これはふたつの理由で聖書の登場人物になぞらえて、そう呼ばれたのだった。まず第一の、そして実に分かりやすい理由は、並外れた力の持ち主だったということだ。第二の理由は、この熊が盲目だったことである。

この時代にはもうひとつ唾棄《だき》すべき風習があったのだが、それは犬たちにも勝機を与えるべく、極度に獰猛《どうもう》な熊の両目をくり抜いてしまうというものだった。サムソンの場合、この役目を担った男たちは左目についてはうまく仕事をやり遂げ、右目についても十分と思しき処置を済ませたのだが、実際のところ右目のほうはほとんど目の周りの肉にしか処置がされなかった。そのためこの熊には、いくらか視力が残ったのだった。そのときを境にサムソンは、周囲を見回すのに頭ごとぐるぐる回さなくてはいけなくなり、そのせいでやや頭が弱く見えたのだが、これが独特の魅力となって存在を際立たせたのである。

サムソンの評判は、どんどんひとり歩きしていった。頭や腰から後ろ足にかけては傷だらけで半分は毛が抜け落ち、そのうえ片方の耳は付け根から嚙みちぎられてしまっていたが、それでも襲いかかってくる犬を一頭残らず叩きのめして八つ裂きにしてしまう怪物であった。やがて、みるみるうちにサムソンが登場する日は闘熊場は満員になり、何百人という人々が入場できないまま外に取り残されるほどになっていった。それから数ヶ月のうちにサムソンに対する人々の熱狂がすっかり高まったことを承《う》け、新たな犬に動脈を喰いちぎられ命を落としてしまう前に闘熊から引退させるよう決定が下された。そんな事態に

なれば暴動が起き、街の半分が破壊し尽くされてしまうと思われたからである。

そのようなわけで四月初旬、サムソンには公式に恩赦が与えられた。そしてひと夏の間サムソンはあちらこちらの闘熊場や公園を回ってパレードに駆り出され、群衆に祝福を与えるよう手を挙げさせられ続けた。すると見物人たちは心からの声援をサムソンに返すのだった。だが、そうして闘いの場から引退してからもサムソンを求める群衆はどんどん膨れ上がっていった。伝説の熊を最後にひと目でも見ようと押しかけてきたのである。その天井知らずとも思えるほどの人気ぶりに、これは事態を収束させるために一線を引かねばならないということになり、サムソンには市の鍵を送って公式に表彰してロンドンから永久追放してしまおうという提案がなされた。

ロンドンの北東に広がるエッピングの森に放してしまおうという声もあれば、川の上流に特製の熊小屋を作り、人々から金を取って船から見物させようという意見も出た。実を言うと、高貴な身分を持つ人々の中には、この忌々しい熊を誰にも知られることなく殺し、たとえばノーサンバーランドなどといった、人々がめったに立ち入ることのない大自然の中に帰したのだとでも噂を流してしまえば、これ以上わずらわされずに済むと感じている者もすくなからず存在していた。

だがサムソンの引退に関して何らかの決定を下すよりもまず先に、市長自らの手で授与されることになっている市の鍵のほうが問題であった。スピタルフィールドのはずれに巨大なステージが設けられ、人々はいい席を確保しようと、式典のまる三日前から場所取りに押し寄せた。金曜の夜に

はおよそ一万人と思われるロンドン人たちが身を寄せ合うようにして、星空の下で眠りに就いた。そして土曜の朝八時になるころには三万五千人もの人々が、熊への敬愛に駆られて会場に詰めかけてきた（その週末は他に大した催《もよお》しものがなかったという事実もあるだろう）。

やがて十時ごろ、ようやくホグ・レーンを通ってサムソンが到着した。前足を鎖で体の前に拘束され、もう一本の別の鎖が両手首と首輪をつないでいた。観衆から熊を、そして熊から観衆を守るため、十数人の護衛が付き添っていた。サムソンは、このように過保護な扱いを受けることにもうすっかり慣れていた。ここ数ヶ月というものサムソンの警護を任され続けた護衛の人々は、熊の態度がやたらとのんびりしてきたのを如実に感じ取っていた。なにせサムソンは腹をすかせることもなく、心地よい寝床を与えられ、決まった時刻にちゃんと食事が届けられる暮らしがすっかり当たり前になっていたのである。

木に登った百人かそこらの見物客たちは舞台の裏手へと向かってくるサムソンと護衛に気づくと、最初の歓声をあげた。するとすぐさまその場の全員が首をもたげて押し合いへし合いしはじめ、そこから会場じゅうへと大混乱が広がり出した。ステージにサムソンが姿を現すと、群衆たちがどっと前に押し寄せた。中には夜を徹して飲めや唄えやの大騒ぎをしていた者たちもかなり含まれており、どれが自分の夫でどれが妻なのかもよく分からないようなありさまであった。だが、そんな彼らにもこの熊は——片耳と片目のこの熊は——ひと目で分かった。群衆は手を叩き足を踏み鳴らしながら、声をそろえてサムソンの名前を叫び出した。その声は、異様なほどの熱狂となって高まっていった。まるで、今日はこの瞬間より他にいいことがなにもなくても、ここに来た甲斐があったといわんばかりであった。

大歓声は衰えることなく、たっぷり五分間も続いた。その間サムソンはただステージに棒立ちになったまま、観衆を見回していた。やがてひとりの係員が前に歩み出ると、市長がスピーチに入れるよう観衆を鎮《しず》めにかかった。だが観衆は大声をあげて熊の名を呼びながら手を振るばかりで、どうにも鎮まる気配はなかった。そこで係員はいったん引っ込むと市長に歩み寄って彼の耳に手を当て、どうやら観衆は当分この騒ぎをやめてくれるような気配はないし、スピーチを省略してさっさと鍵の授与に入ってしまったほうがいいのではないかと大声で怒鳴った。

市長はこれを聞くと少々落胆した。この機会に一般市民たる男女たちに自分を売り込もうと目論《もくろ》んでいたからである（そして目の前に広がる群衆の多くは、彼の見る限りまさしく一般的な人々なのだった）。だが、それでも市長が言われるままにステージの前に歩み出ると、サムソンの世話係がその隣に行くよう巨大な熊をうながした。

市長はすでに、このような大観衆が集まっているのだから式典のクライマックスはできる限り大仰にやってみせるのがよかろうと、心に決めていた。そこで彼はポケットから鍵を取り出し頭上に掲げると、まるで奇術を始める手品師のようにまず東を向き、それから西を向き、群衆たち全員に鍵を見せ付けた。そしてやたらと大げさな身振りで熊のほうに向き直ると、鍵を差し出したのである。

サムソンは身を乗り出し、しばらくじっと鍵を覗き込んだ。新たに作られたばかりの鍵は陽光にきらめいていた。熊はそれを差し出している市長の顔に視線を上げると、ためらいなくその手からさっと鍵をつまみ取った。まるで、そんな鍵など毎日貰《もら》っているとでもいわんばかりの物腰であった。市長は、背後に並んで笑顔でうなずいている高官たちのほうを振り向いた。式典は、高官たちが考えていたよりずっとすんなりと運んでいた。

サムソンは左手に鍵を持ち替えると、見えるほうの目でしげしげと眺め回し、臭いを嗅ぎ、なにかはよく分からないがどうやら食えるものではないらしいと、すぐに当たりをつけた。ここで、市長は致命的な失敗を犯す。熊の右手が空いているのに気づいて握手のひとつでもすれば盛り上がるのではないかと思い立ち、式典の締めくくりにしようとでも思ったのか、手を伸ばして鎖につながれたサムソンの手を取ったのである。

兄弟のように仲睦《なかむつ》まじい人間と熊の絵が人々の心に焼き付けばいいと、市長は願った。

そして事実、そのとおりになった。その瞬間および次の光景は、目《ま》の当たりにした全員の心に人生の最後までしかと焼き付くことになったのである。サムソンは市長の右手を取り、がっしりくるみ込むようにして握った。そしてもう片手で市長の右腕を摑んだ。強靭《きょうじん》な決意を感じさせる握力であった。見えている熊の目を覗き込んだ市長は、そこに恐ろしいものを見た。

「こやつ、私の腕を根本から引きちぎる気だぞ」市長は胸の中で言った。「腕を根本から引きちぎって、観衆に向けて投げ付ける気でおる」

これは決して、大げさな想像などではなかった。サムソンはくるりと体の向きを変えると、市長を振り回すようにしながら左にひとつ飛んだ。市長の両足が地面を離れる。そしてものすごい勢いで高々と振り上げた市長から、サムソンはさっと手を離したのだった。

ロンドン人たちの頭上を越え、市長は飛んでいった。もし市民たちが、熊へと向ける敬愛の情と同じものをごくわずかでも市長に抱いていたならば、きっと彼の体を受け止めるか、落下を食い止めようと何らかの努力をしていたことだろう。だがその代わりに市民たちは、市長がどこに落ちようとしているかを察するとぱっと飛び退き、ちょうど市長の分ほどの隙間を作ったのである。

市長がしたたか地面にぶつかり、観衆から「おおおおお」とどよめきが起こった。顔を

そむける者、両手で顔を覆う者。もっとよく見ようと背伸びをしている者たちもいる。だが、逃げ出したり悲鳴をあげたりする市民は、まだひとりとしていなかった。ここから熊はどうする気なのだろうと、次の展開を待ち構えていたのだ。

市長が飛んでいった瞬間に高官たちはステージの袖に引っ込んでしまい、今やそこに立っているのはサムソンのみであった。サムソンは、尖塔や煙をあげる煙突の向こうに広がるロンドンの街並みを眺め回した。そして、今からことさら胸を打つ独白を演じようとしている役者のように、頭をうなだれた。

熊は大きく息を吸い込んで両手を前に出すと、ゆっくりと頭をもたげた。そこには、見るからに残忍な笑みが広がっていた。観衆たちの見守る前でサムソンが両手を肩にかけ、拘束している鎖がぴんと張りつめた。

観衆たちが呆気にとられ、あたりに数日振りの静寂が訪れた。サムソンは牙を剝き出してぐるりと右後ろを振り向き、太陽と向き合った。最前列にいた観衆たちには、鎖の中ほどにある環《わ》がひとつ、ゆっくりと広がっていくのが見えた。やがて環が弾け飛ぶと鎖が切れ、サムソンの両腕が自由になった。

強烈な光景を目にした観衆は歓声をあげようと身を乗り出しかけたが、なにかがそれを止めた。なにかが観衆を押し留めた。サムソンは、冷え切った目で人々を眺め回した。それから、また胸いっぱいに息を吸い込んだ。そして今度は鎖を引きちぎろうと息を止めて力を溜める代わりに、大きく口を開いてあらん限りの力をそこからほとばしらせた。

ものすごい咆哮《ほうこう》が街じゅうに響き渡り、テムズ川を遡《さかのぼ》り、道という道を、路地という路地を駆け抜けていった。また静寂が戻ると、すこし間を置いていくつもの咆哮が返ってきた。サフロン・ヒルからひとつ……トゥート・ヒルからひとつ……ホックリー・イン・ザ・ホール（中央ロンドン、クラーケンウェルあたりにあった一区画で、現在で言うならレイ・ストリート橋のあたり。十七世紀から十八世紀にかけて、闘牛や闘熊が行われた）のあたりからも聞こえてくる。ロンドンじゅうの熊という熊が声をあげていたのだった。咆哮はどんどん大きく、ひっきりなしになっていった。ここにきて観衆たちは、どこかに逃げ出したほうがいいのではないかという強烈な予感に襲われた。

ステージは、できるだけロンドン人たちから式典がよく見えるように、そしてロンドン人たちが登ろうとしたりしないように、二十フィートの高さで作られていた。だがサムソンはぱっとそこを飛び降りてしまった。やにわに人々が動き出す。ものの一瞬でステージの前は無人となり、後に残るのはまるで潮《しお》が引いた後に出現した溺死体のようにボロボロになった市長の体だけであった。

サムソンが進んでくるのを見た観衆たちが、つまずき、転ぶ。他の者が、それを踏み付ける。人々が路面へとなだれ出ると、まるで我を忘れた動物たちのようにひしめき合う人混みのせいで道はごった返した。ぎゅうぎゅう詰めになって息もできないようなありさまで、それを見た他の人々は背を向けると他の道へと走り去っていった。

サムソンはそんな大混乱のさなか、そこかしこで足を止めては残飯を漁《あさ》った。生まれて初めて、サムソンは鎖から完全に解き放たれていた。ハウンズディッチを進みながらもう一度吠えれば、百もの咆哮が返ってきた。ロンドンじゅうの熊という熊が顔を上げ、活気を取り戻しはじめたのである。

バンクサイドまで下っていくと、十数頭の熊が自分を閉じ込める檻《おり》の鉄格子をぐいぐいと揺すりはじめた。やがてコンクリートがひび割れて砕け、熊たちは路上に飛び出してきた。オールドゲイトからロング・エイカーにいたるまで、そこかしこに囚われた熊たちが一頭残らず鉄格子にしがみ付いて揺すっていた。自由を取り戻した熊たちの咆哮で耳を満たされ、囚われの熊たちの力は突如二倍にも膨れ上がっていたのである。熊たちは一頭一頭檻から出てくると他の熊たちに合流し、まだ檻に囚われたままの熊たちがあげる咆哮が聞こえるほうに進み出した。やがて檻の番人たちはすっかりうろたえ切ってしまうと、熊がロンドンの別のどこかに行ってしまえば自分の命が助かるのではないかと祈るような気持ちで、自ら扉を開け放った。

熊たちは今や大群となり、切れた鎖を手首や首輪からじゃらじゃらと揺らしながら、通

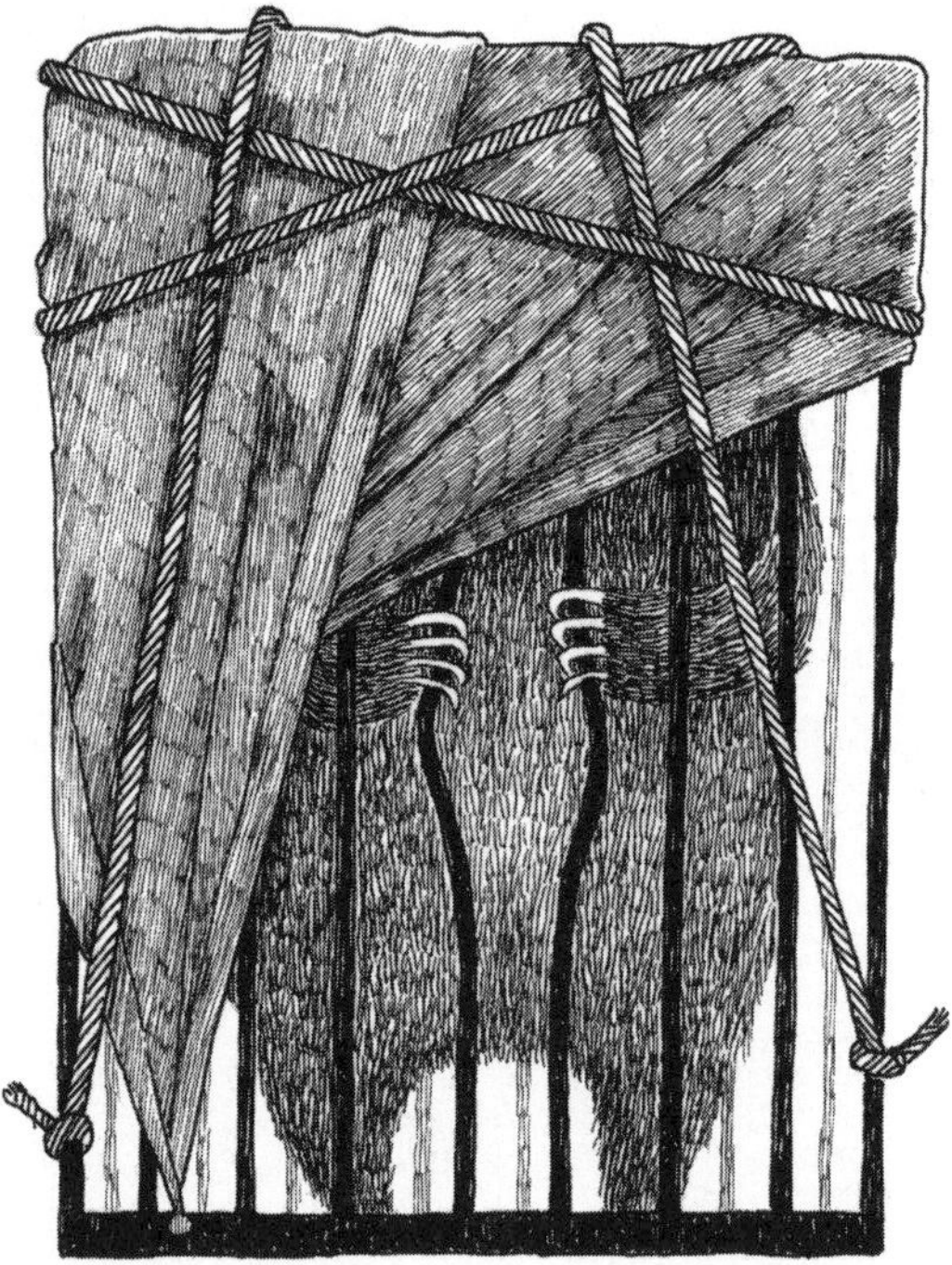

りという通りにあふれていた。目を潰された熊たちが、目の見える熊たちに率いられながら太陽の下に出てくる。犬たちはそれに向けて吠え立てると、身を隠すために逃げ去っていった。猫たちは、手当たり次第安全な場所に逃げ込んだ。生まれ変わったロンドンの通りを熊たちが闊歩《かっぽ》する一方で、人々は必死に夫を、妻を、子供らを探しながら駆け回った。そして、熊たちの前に立ちはだかろうとした愚か者たちは、次から次へとなぎ倒されていった。

ロンドン人たちは家に閉じこもると次に屋根裏に駆け上がり、最後には、ぼろぼろにされていく近隣の景色が一望できる屋根の上にまで逃げた。熊たちは丸々三日間にわたり街を支配し続けた。日曜日、街に秩序を取り戻すべく歩兵隊が送り込まれたが、ものの二時間もしないうちに追い返されてしまう始末であった。

熊たちがもたらした混乱はもはやどうしようもなく、人々はいったい何週間、何ヶ月こんな状態が続くのかと頭を悩ませはじめた。だが火曜の朝に人々が目を覚ましてみると、街はすっかりもぬけの殻になっていた。熊たちの咆哮は真夜中を過ぎて間もなく静まっていたが、太陽がすっかり昇ってしまうまでは、誰もあえて様子を窺《うかが》おうとはしなかったのだった。ようやく人々がおそるおそる外に出てみると、立ち並ぶ店のみならず家々や教会、さらには宿屋にいたるまで、ロンドンじゅうの窓ガラスが一枚残らず割られてしまったかのようであった。家具が引きずり出され、家々はすっかり荒らされていた。馬たちは目を血走らせてうろつき回っていた。瓦礫《がれき》の合間を、ネズミたちが駆けずり回っていた。だが、熊の姿はすっかり消えてしまっていたのだった。

それから数週間、内陸部から熊の一団の目撃情報がちらほらと届いた。最初はオックスフォード郊外で、次にマンチェスターの南で。それから、情報はぱたりと途絶えた。熊たちはきっと国のどこか他の場所に落ち着いたか、餓死してしまったのであろうと人々は推察した。ロンドンの人々にしてみれば、どちらが真実であろうとまったく満足であった。

いずれにせよこうして完全に、熊いじめも、熊の見世物も、そして闘熊場も、完全に途絶えたのである。きっと、ロンドン人の中にはこれでよかったのだと思う者もすこしはいただろう。なにはともあれ、市民たちは瓦礫を片付けそこに残されたわずかばかりの財産を集めながら、これからはいったいどうやって楽しみを得ればいいのだろうかと頭を悩ませずにはいられないのだった。なにせもうかつてのように熊道楽を楽しむことができなくなり、熊たちは自分の楽しみを手に入れたのだから。

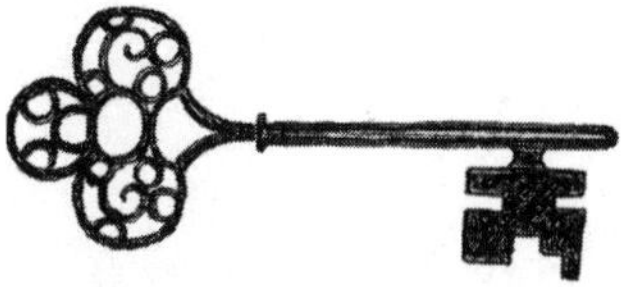

4
サーカスの熊

Circus Bears

ゴム女や人間砲弾たちが生きた時代。当時は国じゅうで男たちが自ら剣を飲み込んだり、体に火をつけたり、袋詰めにされて海に放り込まれたりしていた。女たちは背中を反らして両脚の間から顔を出したり、ナイフを投げ付けられたり、手が空いているときにはインコに芸をさせたりしていたのである。

人並はずれて背が高い者や低い者、醜い者、体の一部がなかったり、逆に余分なものが付いていたりする者がいれば、それが金になった。わざわざなにかをしなくとも、そこにいるだけで金になった。口ひげや裂けた唇を持つ女や、目玉が飛び出ていたり鱗《うろこ》のような肌を持っていたりする者がいれば、人々はそばによって見物しようとなけなしの金を握りしめ、彼らのいるテントの外に行列を作った。

人々は、常人ならざる外見を持つ者たちを見物するのも好きだったが、それよりなにより、野生動物たちがまるで人類の一員にでもなったかのようにゆったりのそのそと歩き回るのを見るのが好きであった。なのでそこには飼いならされた豚や、赤ん坊のような服を着せられた犬や、曲芸を仕込まれた猿たちもいた。算数のできる馬も、アシカの音楽家もいたが、忘れるわけにいかないのは、芸をする熊たちであろう。

イギリスの祭りやサーカスでは、だいたい四十頭の熊たちが使われていた。どこから来た熊なのかは誰も憶えておらず、率直に言うなら、気にしてすらいなかった。熊たち自身も、そんなことは大して気に留めてなどいなかった。故郷の遠い記憶などは、早駆けする馬にしがみついているうちに頭から振り落とされてしまうか、綱渡りの最初の一歩を踏み出そうと待ち構えている間にスポットライトの熱を浴びて燃え尽きてしまったのである。かつてどのような熊として生きていたかなど、もはやどうでもいいことだった。主人たちはサーカスの熊としてしか見ていなかったし、さらに言うなら、ほとんどの熊も自分たち自身のことをそう考えていたのである。

つらい日々だったが、さらに以前の熊たちが味わったひどい苦労に比べれば、まだましだった。多くの場合、サーカスの熊たちはそうそう叩かれたりしなかったし、殺されるのも、例外的にひどい振る舞いをした場合や、サーカスでは使えないほど年老いてしまった場合に限られたのだ。ほぼ毎晩、熊の檻《おり》には大きな肉の塊《かたまり》が放り込まれた。そして、世話をしてくれる人間と強い絆を結ぶ熊もすくなからずいたのだった。

小さな移動サーカスの動物調教師であったフランク・ボズウェルは、ミスター・フォウラーという名の、いささか偏屈な老熊の世話をしていた。ボズウェルは、決して好人物ではなかった。率直に言って、飲んだくれであった。いつでも人より深く酒に耽《ふけ》ったものだが、ここ数年は朝も早くから飲みはじめてサーカスが終わってもずっと遅くまで飲み続けているものだから、今日の酒と翌日の酒との境目すらもよく分からぬほどだった。

ある夜更け、ミスター・フォウラーが目を覚ましてみると、フランク老人が檻の合間から自分をじっと覗き込んでいるところだった。ミスター・フォウラーには、どうやら老人がずいぶん長いことそうしていたように感じられた。そして目の前でボズウェルは鍵を取り出すと、檻の錠前をはずし、熊を夜闇《よやみ》の中へと連れ出したのだった。

ミスター・フォウラーは、いったいなにがどうしたのかよく分からなかった。なにせ、まだ半分眠っていたのである。なにしろ夜もだいぶ遅かったし、新しい芸を憶え込まされてへとへとだったのだ。どう考えても夜遅すぎた。フランクは指を立てて唇に当てると、幌馬車の合間を抜けて牧草地へと熊を連れ出した。季節は夏で空気は暖かく、風もなかった。フランクは、月明かりに照らされた野原を見つめた。ミスター・フォウラーは、調教師がなにを考えているのか皆目分からないまま、その姿をじっと眺めていた。どうやら酒に酔って幻覚でも見ているのではないかと思えた。老人はやがてようやく我に返るとミス

ター・フォウラーに目を向け、熊の体に取り付けられた鎖をはずし出した。

「悪かった」老フランクが、こわばった声で言った。泣いているようだった。「何年も前にこうしてやるべきだったのに」

熊は両手首をさすると、老人を見つめた。暖かな夏の夜に包まれ、老人と熊はそうして並んだまましばし立ち尽くした。ミスター・フォウラーはいったい自分にどうしろと言われているのかよく分からずにいたが、やがて一分ほどすると、どこにでも好きなところに行けとでも言いたげに、フランクがそっとその体を押した。熊はおずおずと一歩踏み出した。こんな時間の外出に不慣れなミスター・フォウラーはまごついていた。調教師は、遠く牧草地の向こうに広がる森を指差した。熊はふらつくようにしてそちらに進み出すとぴたりと足を止め、何年もずっと一緒だった老人を振り返った。フランクはもう一度、早く行きなさいとでも言いたげに森を指差した。だが、ミスター・フォウラーはなぜか進んでいこうとはしなかった。首をうなだれてふらふらとフランクのほうに戻ってくると、彼を見下ろしたのである。そして両手を老人の肩にかけると、その体をぐっと引き寄せたのだった。

「ミスター・フォウラー、お別れだと思うと寂しいよ」フランクは熊に声をかけた。「ずっと長いこと、お前はわしの友だったからな」

熊は、老人を抱きしめ続けていた。まるで自由を目の前にして、進んでいく勇気が自分にあるのかどうか決心が付かずにいるようだった。

「ミスター・フォウラー」老調教師が声を絞り出した。「放してくれ……苦しい……」

だがミスター・フォウラーは強く抱きしめ続けた。やがて調教師のあばら骨が一本ずつぽきりぽきりと音を立てるまで、力を込めて抱きしめ続けた。決して放そうとしなかった。どうしても放すことができなかった。やがてフランクの酒臭い息がすっかり止まってしまうまで、ミスター・フォウラーは強く抱きしめ続けていた。やがて、ようやく熊が腕をほどくと、フランク・ボズウェルはまるでじゃがいも袋のように地面にくずおれた。ミスター・フォウラーはしばらくの間、じっとそれを見下ろしていた。そして背を向けると、牧草地に向けて歩き出した。歩きながら夜空を見上げた。夜明けまではまだたっぷり三、四時間はありそうだと、ミスター・フォウラーは考えた。

翌朝遅く、官憲はミスター・フォウラーを見つけ出すと、さっさと吊るしてしまった。熊の体重を支えられそうな手近な木にロープをかけ、世の晒《さら》し者にするかのように吊るし上げてしまったのである。それより優に三時間早く馬車に轢《ひ》かれて命を落としていたことを考えれば、これは少々やりすぎというものだろう。吊るしたのは、フランク・ボズウェルに対する遅ればせながらの手向《たむ》けのようなものであると同時に、他の熊たちに向けての

警告のためでもあった。

そして、噂は他のサーカスにも着々と広まっていった。ボズウェルのことなどろくに聞いたことすらなかった人々が、自分はいちばんの大親友だったのだと言いはじめた。彼が持っていたわずかばかりの長所はひどく誇張され、ボズウェルを知る者が耳にしたならば他人の話と勘違いしてしまうほど、誉れと気品とを兼ね備えた模範的人物へと一夜のうちに仕立て上げられていたのだった。のみならず、フランクの死は人熊関係にまで影を投げかけた。そして熊たちの安寧《あんねい》（そもそも大した安寧ではなかったが）はこれにより、著《いちじる》しく転落させられてしまったのである。

熊たちはずっと以前から、芸をするうえに余計な危険まで負わされ続け、不満をたんまりと胸に溜め込んでいた。もう、開いた傘を手に綱渡りをするだけでは許してもらえない。近ごろでは、ツー・ピースのスーツを着させられたり、スーツケースを運ばされたりするのである。スーツは熊に合わせて特別にあつらえたもので、着脱が容易《ようい》になるよう両側がボタン留めになっていたのだが、それでも熊たちにしてみればやはり動きづらかった。ある移動サーカスの熊は、いつも決まってスカートとドレスに身を包み、頭にボンネットを着けさせられた。そのうち、熊に空中ブランコの訓練をさせてはどうかという話まで飛び出した。熊たちは、そうしたことがまったく気に入らなかったのである。

綱渡りを始めたばかりのころ、熊たちは、人間の綱渡り師と同じく胸元でポールを持たされた。調教師が持つただひとつの目標は、熊たちに無事にロープを渡らせることであった。だがひとたび熊にそれができるようになってしまうと、すぐさまポールは取り上げられたばかりか、それ以降はまるで暗黙の合意でもあったかのように、熊たちはどんどん滑稽な見世物に仕立て上げられていったのだった。

つい半年ほど前、一頭の熊がひどい目に遭った。その熊は、ひと巻きのロープを肩にかけられ、背中にカンバス地のリュックサックを背負わされ、登山者さながらの姿にされた。だがサーカスの小僧がリュックを負わせる際にひもをきつく締めすぎたものだから、熊は綱を渡りながらすこしそれを緩めようと肩をもぞもぞさせた。そして足を踏みはずすと、おがくずの敷かれた地面まで五十フィートを落下したのである。熊は身悶《みもだ》えてうめき声をたてながらたっぷり十分間もそこに横たわっていたが、やがてボブ・ウェランドなる人物がライフルを持っていることを思い出した誰かが彼を呼んできた。そしてウェランドがようやく、熊を苦しみから解放してやったのであった。どうにかしてその瞬間を隠そうと何人かの団員が手に手に敷物をかぶせて覆ったのだが、鳴り響く銃声は誰の耳にも明らかに響き渡った。

数日後、ある掃除係の少年が、夜遅くに二頭の熊が自分を閉じ込めている檻の鉄格子ごしに話し合っているのを目撃したと言い出した。少年がそばを通りかかると熊たちがぱたりと静まり返り、その場から立ち去るまでじろじろ見つめてきたというのである。どうやらそのころから不満の種はまかれ、陰謀の気配が漂いはじめたようだ。

*

ホレス・マディガンはあらゆる意味で自分を一般人と区別したがったが、とりわけ大きな理由がひとつふたつあった。まず社会的には、マディガン食肉店を営む彼がブリストル商工会議所で上座《かみざ》に席を与えられていたこと、そして個人的には、彼が抱くサーカスへの深い愛好ゆえである。彼もたいていの人と同じように観衆たちのとめどない歓声に包まれて熱狂したものだが、彼が人と違うのは、あちらこちらを回って送るその日暮らしの人生に憧れを抱いているところだった。夜になって眠りに就くときには、幌馬車の中に身を押し込める自分を思い描いた。これから待ち受ける長い道のりと、すこし手伝ってやりさえすれば両足首が首筋にまで届く曲芸師の妻が隣で寝ているのを想像した。

ある火曜日の夜、地元の商売人たちとの集会を終えて顔見知りふたりと話していたホレスは、生まれて初めて個人的な思いを仕事の場に持ち込むことを自分に許すと、イギリス初となるサーカス大会開催の夢を語って聞かせた。そして珍しいスコッチを飲《や》りつつ奔放なサーカスの女たちの振る舞いを語り聞かせながら、すっかり酔っ払った知人たちの頭の中に自分の妄想を植え付けることに成功したのである。それがあまりに強烈に焼き付いたせいで、三人は協定を結ぶと、それから十八ヶ月にわたり空いた時間のすべてを費やして青写真を作り、構想を練り、しまいにはホレス・マディガンの夢をついに現実へと変えてしまった。

五月の間じゅう、アシュトン・コート郊外の野原にはところ狭しとサーカスのテントが立ち並んだ。サーカスで働く人々や芸人たちのほとんどは、よく知った顔馴染みであった。懐かしい友人同士が顔を合わせるとそこから深酒が始まり、やがて何人かすっかり歯止めがきかなくなってしまうと、地元警察を呼ばなくてはいけない始末になった。中には旧敵同士だったり恨みを抱き合ったりする人々もおり、ちょくちょく騒ぎが持ち上がると、またしても警察を呼ばなければいけない事態となった。だが全体として見るとテントはどれも満員かそれに近いくらいに混み合っており、ブリストルや周辺の村々に住む人々は意気揚々と丘を登ってくると、一週間にわたり夜な夜な別のサーカスを見物するため金を払うのだった。

この催《もよお》しものは五月の最終土曜日まで続く予定で、主催者たちは口にこそ出さないまでも、たんまりと利益が出ることに自信満々であった。だが水曜の催しで、その目論見《もくろみ》は狂い出してしまう……。

その夜、大テントではサーカスが順調に始まったように思われた。鞍《くら》も付けない馬を人が乗り回し、ピエロがちょっとした芸を見せ、宙返りの曲芸が行われ、シンバルが鳴り響き、その合間にさまざまな音楽が演奏された。それから中央に司会者が歩み出てくると手短に挨拶をして左腕を上げてみせた。すると横手にあるトンネル状の通路を光がぐるぐると回転しながら照らし、そこから一頭の熊がサーカス・リングに登場してきた。

熊の登場に、観衆たちは盛大に盛り上がった。それまでほとんど熊を目にしたことなどなかった彼らは、まるで熊の着ぐるみを着た大男のように三輪車を漕ぐその姿を観て、大笑いしながら膝を叩いたのである。なんとも滑稽であった。縦から見ても横から見ても滑稽きわまりなかった。最前列に座る幼い少年が目を丸くしながら、「あんな大きい熊が乗ったら三輪車が壊れちゃうよ」と思った。

車輪がやたらと小さいせいで、熊はものすごい速さでペダルを漕がなくてはいけなかった。必死に漕ぐその姿は、哀愁すら感じさせた。いつもの夜であれば熊はそうしてリングを二周もすると三輪車から飛び降り、アシスタントの手を借りてマントを脱ぎ、調教師にせっつかれるままにはしごを上って渡り綱へと向かう。だがその夜、熊はひたすら漕ぎ続けた。一周余計に回ると、さらにまた一周を回り出したのである。楽団のトランペット奏者が、ドラム奏者に目をやった。ふたりはただ肩をすくめると、熊と同じくまたぐるぐる同じ演奏を続けた。そのころには、観客の中にもこの異変に気づきはじめた者がちらほらと出てきていた。この三輪車に乗った熊からは、どうもやる気というものが感じられない。ひとりの観客は、胸の中で言った。「三輪車から飛び降りて、さっさと曲芸でも始めてくれないものか。客席から女でもひとりとっ捕まえて、怖がらせてやるのも面白い」

だが、それでも熊はペダルを漕ぎ続けた。むしろ、いっそう激しく漕ぎ出したようにすら思えた。そして出し抜けに前かがみになると左に体を傾け、さっき出てきたトンネル通路のほうに向かいはじめたのである。スポットライトが熊の姿を追ううちに、暗がりで葉巻をくゆらしている司会者の姿を捉えた。まばゆいライトに照らされ司会者が目元を覆うと、熊は彼に見られぬうちにさっさとその前を通り過ぎ、どんどん進んでいった。

外の芝生では怪力男がふたり、上腕二頭筋にオイルを塗りながらおしゃべりに興じているところだった。

「止めろ！」誰かがテントから叫んだ。「その熊を止めてくれ！」

決断を下す時間はほんの一瞬しかなかったが、ふたりはその刹那《せつな》に断固たる熊の決意を嫌というほど読み取ると、逞《たくま》しい筋肉に恵まれているにもかかわらず飛び退いて道を空けた。

　テントの周囲は高さ六フィートの柵によってぐるりと囲まれていたため、熊は若者たちが何人かたむろしている券売場の隣にある入場門に向かうしかなかった。ちらりと物音を聞き付けた若者たちがぱっと振り向くと、ちょうど熊がぐんぐん自分たちのほうに向かってくるところだった。その背後から、司会者と怪力男たちが駆けてくる。熊は若者たちま

であと四、五ヤード程度のところに差しかかると、突如牙を剝いてものすごい咆哮《ほうこう》をあげた。道はたちまちがら空きになった。熊は若者たちの前をものすごい勢いで通り過ぎると、場外の人混みに向けてペダルを漕いでいった。

熊の咆哮は、半径二百歩以内にいたすべての人々の注意を引き付けた。テントの合間をぶらついていた客たちは、自分たちの中を通り抜けていく三輪車の熊を目にすると、きっとこれは無料サービスの余興かなにかだろうと思い込んだ。熊は人混みの中をあちらこちらと走り回り、ようやく前方に誰もいないスペースを見付けた。熊は夜の空気を鼻から吸い込むとペダルを漕ぎ、開けた道を進んでいった。

最初の咆哮が熊たちの注意を引き、次の咆哮はまるで軍隊の招集号令のように響き渡った。熊たちは突如、その熊が移動しているのだと、前に進もうと立ち上がったのだと……自分たちも付いていかなくてはならないのだと悟った。そうなるともう、鎖にも調教師にも、熊たちを引き止めることなどできはしなかった。

道を五十ヤード進んだところで熊はようやく三輪車を乗り捨てた。追いかけてくるサーカス団の面々をそう引き離していたわけではなかったが、人々には熊を捕まえるといってもいったいどうすればいいのか策もなかった。さらに他の熊たちの集団に追い抜かれそうだと悟ると、この追跡者たちはかすかに心が挫《くじ》けるのを感じた。熊たちの多くはまだ、夜会服やパジャマやペチコートといった衣装に身を包んだままであった。やがて熊たちが追いついてくると、追手はやや追いかける足を緩めた。そして熊たちが通り過ぎていってしまうと背後を振り返ってもう熊が来ないのを確かめ、また徐々に足を速めていったのであった。

ずっと後ろから、追手の第二陣が迫っていた。サーカス団員、百人はいようかという観客たち、子供たちの姿も大勢見える。たったひとりだけ、熊を追い詰めることに成功した場合を考えてから追手に加わった男がいた。

「ボブ・ウェランドを呼べ」追跡に向かう直前、男はひとりの若者に叫んだ。「銃を持ってくるよう伝えるんだ！」

急いでやってきたボブ・ウェランドは、この第二陣の最後尾に付いてきていた。だがボブは韋駄天《いだてん》だ。みるみる第二陣の先頭に躍り出ると、そのまま第一陣との距離をぐんぐん縮めていった。

熊たちは、いったいどこを目指すべきかさっぱり分からなかった。外の空気を吸えるだけでも至福だったのだ。このたった五分間で、それまでの五年間に勝るほど自由に四肢を伸ばしていた。今や熊たちは大群となっていたが、リーダーはいなかった。ただ道なりにどんどん突き進んでいるだけだった。だが進んでいくにつれて地形はどんどん悪くなり、やがて荒れた道が延びているばかりになった。熊たちは標識や木の柵を飛びこえ、土砂や木杭《ぼっくい》の山の横をいくつも抜けて進んでいった。

差し迫る窮地を最初に察したのは、第二陣にいたひとりの男だった。「橋だ！　連中、橋に向かっているぞ！」

厳密に言えば、それを橋と呼ぶのはあまり正確ではなかった。基礎工事の着工は優に三年以上も前の話であり、渓谷《けいこく》の両側にそびえる巨大な塔も、今やすっかり完成していた。最終的に橋桁《はしげた》の構造を支えることになる二本のケーブルも、すでに塔同士をつないでいた。だがそこに橋桁が吊り下げられ道が整備されて馬車や歩行者が往来できるようになるまでには、まだ一年かそれ以上の期間が必要なのだった。そのようなわけなので、当時の状況を鑑《かんが》みるに、これは橋とはほど遠いしろものだったわけである。

追手の集団が角を曲がるころには、熊たちはもう足場をよじ登り塔のてっぺんに集結していた。太い二本のケーブルが、まるで巨大な渡り綱のように渓谷を渡っていた。眼下に広がる木立のてっぺんやその下を流れる川までは、二百五十フィートもある。

見守る人々の目の前で、最初の熊が片方のケーブルの上に足を踏み出した。熊は綱渡りと同じように腕を左右に広げると、じわりじわりと進みはじめた。二頭目の熊が、もう片方のケーブルにゆっくりと足を乗せる。それからものの一分後には、すべての熊が長い二

列となって、渓谷の上をそろりそろりと進んでいた。

追手の第二陣はその場に駆け付けてくると、第一陣と一緒になって目を丸くした。もしある幼子が沈黙を破らなければ、きっと彼らはそのままなにもせず、熊たちがケーブルを渡り切ってしまうまで指をくわえて眺めていたことだろう。

「熊が逃げちゃうよ！」少年が叫んだ。

ボブ・ウェランドが人混みの中、案内されて前に出てきた。人々が彼を通そうと道を空ける。立ち位置を定め、生唾を飲み込み、肩にライフルを構えるボブを、群衆はじっと見守った。

彼は片目を閉じると、列の中ほどにいる一頭の熊に狙いを定めた。ペチコートがいい目印になるので、その熊を選んだのである。じりじりとすり足で前進する熊を、ボブはゆっくりと目で追った。他にはもうなにも目に入らなかった。ただペチコート姿の熊とその向こう、渓谷の対岸に広がる森が見えるばかりである。

だが息を殺して狙いを定めながら、ふと彼は考えた。「おいおい、俺はいったいなにをしてるんだ？　たかだか熊っころ一頭に命中させたとしても、他の熊どもまでぱっと引き返してくるわけじゃあるまいに」

すでに一頭撃ち殺してしまっているボブは、もう十分に胸を痛めていた。たったそれだけでも、人々はボブの墓標に「熊殺しのボブ・ウェランド」と彫るに違いないのだ。

ボブは閉じていた片目を開くと止めていた息を吐き出し、銃を下ろした。人々は困惑したようにそれを見つめていた。ほとんどの子供たちは銃声が響くものと思い、両耳に指を突っ込んでいた。ボブは首を横に振ると口を開いた。

「すまんな」

だが、その隣に立つあるサーカス団の支配人は収まらなかった。何頭もの熊たちを買うために莫大な金を払ってきたし、言うまでもないが調教費や餌代《えさ》にも大金がかかったのだ。自分だってボブと同じく名誉を守りたい気持ちはあるものの、熊たちが逃げてしまうのをただ突っ立って見ているわけにはいくものか。

「そいつを貸すんだ」支配人が言った。

そしてボブの手から銃をもぎ取ると、さっさと構えて引き金を引いた。ろくろく狙いをつけたわけではなかったが、その結果は目を瞠《みは》るものがあった。ずっと遠くで銃弾が金属に当たる音が確かに聞こえたかと思うと、ペチコート姿の熊が立ちすくみ、身をよじり、片側にぐらついたのである。

ついさっき静寂を破って熊が逃げてしまうと叫んだ子供が、また大声をあげた。

「一匹やった！」

だが、支配人は命中させたわけではなかった。熊からたっぷり一ヤード以上も右にあるケーブルを支えている金環《きんかん》に弾丸が当たっただけなのだが、それだけでも熊の集中力を奪うには十分だったのだ。驚いて飛び上がった熊がなんとかバランスを取り戻そうとケーブルを揺すると、他の熊たちまでもが身じろぎを始めた。もうケーブルを摑《つか》んでしまおうと、諦めた熊が身をかがめる。だがあと半インチで手が届こうかというところで爪の先が空を切り、熊はケーブルから転落を始めたのだった。

熊は頭から落ちていった。群衆の中、母親たちは子供の顔を両手で覆った。他の者たちも目をそらした。熊は落下しながら空中で側転しゆっくり体の向きを変えた。だが、頭がちゃんと上を向きかけたところで、実に妙なできごとが起きたのである。離れたところからは、身に着けた服が小さく破裂したかに見えた。熊のスカートがいきなり上昇気流を捉えて、大きくばんと膨《ふく》らんだ。そして絶体絶命の落下からゆるやかな降下へと、熊の落ちていく速度が緩まったのである。

熊は耳元でばたつく衣服を押さえようと両手を伸ばしてそれを押さえ、ゆっくりと降下を続けながらおずおずと左右を見回しているうちに、どうやらすこしは降下する方向を操れるらしいことに気がついた。

ひとりの老人が飼い犬を連れ、川岸を歩いていた。そしてこの騒ぎを聞き付けると頭上を見上げ、なにやら人々がケーブルを渡っている様子と銃声に気づいた。女がひとり落ちるのが見えた。たっぷり一分ほどもかけながら、下着だけを見せ付けゆらゆらと自分のほうに飛んでくる。女は老人から二十ヤードほど離れた川岸に着地すると、自分の服を、ボンネットもなにもかもびりびりと破り捨てはじめた。それを見た老人は、あれは女ではなく熊だったのだとはたと気がついた。熊はくるりと振り向くとひどく冷ややかな視線を老人に投げかけ、逆方向へと走り去っていった。老人と犬は呆気にとられて立ち尽くしたまま、それを見送っていた。それから、もう他に落ちてくるものはないか確かめようと頭上に目をやった。

他の熊たちは、また綱渡りに集中していた。今までに受けた訓練は、どれもこれも無駄ではなかったらしい。最大の難所、たるんだケーブルを中央まで下り切ったところから対岸の塔へと続く上り道をまず何頭かの熊が渡り終えると、後ろから付いてくる熊たちを待って励ましはじめた。

その日、渓谷に銃声が響くことは二度となかった。そして間もなく最後の熊が残りの数ヤードを渡り切ると、他の熊たちと合流したのだった。

無事に再会を果たした熊たちは、観客たちを振り返るとしばし動きを止めた。ひとりの少女がとっさに片手を上げた。するとすぐ子供たちがみな、まるでそれぞれ挨拶でもするようにそっと手を振り出した。だが、熊たちは応えなかった。そしてさっさと背を向けると、人々の視界から消えていったのだった。

5

下水熊

Sewer Bears

我々は誰しも、暗く小さな秘密を持っている。ふと心をよぎるたびにぎくりとせずにはいられない、恥辱の根源である。それは、村や街であっても変わらない。特にロンドンはそうだ。この街の戸棚という戸棚には、やがて終末が訪れるその日まで街のいたるところに全ロンドンを揺るがすような恐ろしい秘密がたっぷりとしまわれていたのである。

ロンドンのもっとも恥ずべき秘密のひとつは、十九世紀には長きにわたり下水道に熊を閉じ込め、報酬も与えないまま下水作業員および清掃員としてこき使っていたという事実である。百頭かそこらの熊たちが、ロンドンの家々や工場群からの排水が流れる配管とトンネルの迷宮を見回り、あちらこちらの道路に溜まった水を抜いていたのである。この熊たちの献身がなかったならば、大雨が降るたびに全ロンドンが水浸しになり、大気にはペスト菌が蔓延《まんえん》していたことだろう。

だが、この熊たちは囚われの身だったのだということを忘れるわけにはいかない。鉄格子もマンホールの蓋《ふた》も、ひとつ残らずがっちりと閉ざされ、鍵をかけられていたのだ。熊たちのもとまで届く光といえば、鉄格子や側溝から漏れ落ちてくる光か、テムズ川に面した排水口から入り込んでくる光だけであった。

　街の悪臭が下水道の網に入ってきたその瞬間からテムズ川に流れ出てしまうまでずっとそれに付き合い続けるのは、どんなに嫌であろうと熊の仕事だった。無論、重力がその仕事をいくらか助けてはくれた。だが下水道というものはことあるごとにいろいろなものが堆積《たいせき》し、曲がり角で流れを堰《せ》き止めてしまうものだ。熊たちのたったひとつの役目は、流れを途絶えさせないことであった。だから熊たちは手を尽くして下水道を綺麗に保ち続けたのだが、いつでもそうするそばからどっさり汚れが押し流されてくるのだった。

　鉄砲水に命を奪われる熊は後を絶たなかった。そこで、そのような不測の事故から身を守るべく、熊たちは突如水位が上がったときに避難できるよう、レンガ組みの壁のてっぺんあたりの暗がりに避難台をいくつもこしらえた。それでも働いていると、次はいつ土砂降りが来るのかと、恐ろしい予感に付きまとわれた。もし下水道に汚れが詰まっていたりしたなら間違いなく水位が上がり——どんどん上がり続け——熊たちがどこに隠れていようが最後には間違いなく捕まってしまうのだ。

　まったくどこをどう見ても、哀れきわまりない存在であった。食料といえば、食べても大丈夫そうな残飯の類《たぐい》を偶然見付けるか、日中に拾い上げたわずかばかりの物品と物々交換をして手に入れるかしかないのだ。ビールの醸造所や食肉処理場の地下に延びる下水道は熊たちにとって重要な立ち寄り場になっていたが、このあたりは地下で生き延びようとするありとあらゆる生物にとっても人気の場所であった。一般的に熊とネズミではネズミが熊を警戒するものであり、熊であればネズミなどいつでも食ってしまうことができるものである。だがネズミはすばしっこく、そのうえ逃げる前にはきついひと噛みを残していくものだから、熊とネズミはお互いをそれぞれが背負わされた不幸の中に放置して手を出さず、状況が許す限りは互いに避け続けていたのだった。

熊たちは集団で仕事をした。それぞれ手分けをして、汚物があれば除去できるよう適当な棒きれやシャベルを持って割り当てられた区画へと向かった。仕事は交代制で行われ、誰かが糞尿《ふんにょう》を垂れたり大量にゴミを流したりすれば、昼も夜もなくすぐさまそこに駆け付けた。

その熊たちが下水道のトンネル群を放棄してから遙か一世紀後、地下における熊たちの実態を調査していた研究者の一団は無数の細かい引っかき傷に覆われた壁が延々と続くのを発見し、実に愚かしいことに、これはフランスやスペイン南部で見付かる原始の洞窟壁画に類似した熊たちの象形文字であろうとの誤った解釈に至った。実際には、そこに芸術性など微塵《みじん》たりともありはしなかった。それらは単に、熊の労働者たちがすでに作業を済ませたり、新たに出向いたりすべき箇所を示すため壁に付けられた目印にすぎなかったのである。

あらゆる病原菌や毒性を含んだガスがむんと立ち込める下水道はいつでも爆発の危機に晒《さら》されており、ときには偶発的に火花が飛んだりして全体が吹き飛んでしまうようなこともあった。役所は、そうした爆発の数々が地下に留まっており大した怪我人も出ずに済んでいる限りは黙殺すべしとして、この問題に対して超然とした立場を取った。そのためロンドン人たちは常日頃からくぐもった爆発音を耳にし、長きにわたりレンガ造りの下水道に押し込められていた恐ろしい混合ガスがようやく待ち焦がれ続けた着火の日を迎えて地面を揺るがすその震動を、革靴ごしに感じていたのである。

一八四九年夏。グレイズ・イン通りをすこしはずれたところでジョン通りの歩道がいきなり吹き飛び、その直後、敷石の間から地表に這《は》い出してくる二頭の熊が目撃された。二頭はレッド・ライオン公園まで歩くと、そこで木立に登っていった。射撃手たちが呼ばれ、この二頭は撃ち殺された。熊の亡骸《なきがら》は運び出されて処分され、たまたま事件を目撃した通行人たちは決して口外しないよう指導を受けた。

熊たちはいつでも爆発に怯え、そんなことにならぬよう手を尽くして暮らしていたが、

一方ではそのような事態こそが唯一の自由獲得の好機なのだとも分かっていた。そこで、爆発が起こるたびにその現場に駆け付けた。これは怪我をした熊がいないかを確認するためでもあったが、胸の中には解放のときがついに訪れたのではないかという淡い期待を抱いていたからでもある。

こうした爆発があったり、下水道に経年による摩耗や破損が見つかったりすると、熊の能力で修繕《しゅうぜん》作業を行うのはもはや不可能であった。そんなときには人間たちがほんの短い間だけ、まるで敵陣でも襲撃するかのように用心深くこの地下世界に下りてくるのだった。そのような仕事のために雇われた人々の間には、背後の注意を怠《おこた》ったがために暗闇に引きずり込まれていった男たちの噂話が蔓延していたのである。

「あいつらは人肉が大好物でよ。なんでも熊にとっちゃあ、俺たちはちょうど鶏肉みたいな味がするって話さ」ある作業員は、よくそんなことを口にした。もっとも、この男がどこでどうそのような情報を手に入れたのかは、さっぱり分からずじまいであったのだが。

このような熊たちの存在を、いったいどれだけのロンドン人たちが知っていたのかは、知るよしもない。熊の環境改善のために働きかけようとする組織もなければ、熊の解放を求めて立ち上がる議員もひとりとしていなかった。ほとんどの人々は、そんなことをわざわざよく考えてみようなどとはしなかったのだ。

日ごろから熊たちとの接触を持つロンドン人は、排水路物々交換商会《ガター・トレイダーズ》という名の、総勢二十名にも満たない非公式組合だけであった。熊たちは作業をして回りながら食料となるもの（この表現が決して大げさでなければだが）を集めていたわけだが、そのうえさらに、地上に住む市民たちにとって価値がありそうながらくたの類も探し回っていた。ありていに言ってしまえば、熊たちはいつでも飢《う》えに悩まされながら暮らしを送っていたというわけだ。そして飢え死にしたりしないよう、自分たちが見付け出したがらくたや、よく分からない硬貨や宝飾品といったものを、自分や仲間たちの命をせめて翌日までつなぎ止めてくれるわずかばかりの食料品と交換する手段を確立していったのである。

夜明けごろになると、まるで排水路と話でもしているかのように歩道にうずくまるみすぼらしい人物の姿がしょっちゅう目撃された。鉄格子の隙間に指を突っ込んでは、なにかをつまみ出しているのだ。人影はそうしてつまみ出したものを目元に近づけると、ときには単眼鏡を持ち出して、しげしげと眺め回した。それから交渉を開始すると、最後に肉や残飯の入った袋を差し出すのだ。そしてこの交換人は新たな収穫を手に、その場から立ち去っていくのである。

商取引としてはとても完璧なものとはいえなかったが、両者にとって有益であったためこの取引はずっと続いた。あまりにがめつい取引をしようとした交換人は相手にされなくなったし、高い要求を突き付けすぎた熊は手ぶらで帰らされるはめになった。

こうした取引では、交換人だけが口をきいた。取引に応じられないと感じると、熊は黙ったまま首を横に振った。すると交換人が改めて熊を説得にかかるか、自分の条件を改めるのである。たいていは、いくつかの取引がまとまった。すっかり険悪な雰囲気になるようなことはそうそうなかったが、そのような場合を招くのは往々にして、ジミー・ザ・ハットの呼び名で知られる地元の変わり者であった。

このような名前で呼ばれているのは、ジミーがいつもかぶっている、本人いわく排水路で見付けたよれよれの古い山高帽《やまたかぼう》のせいだった。その朝いつもの鉄格子にしゃがみ込んでいるのは、まだ熊たちとの取引を始めてせいぜい二週間のジミーだった。中から、いくつかがらくたが差し出される。曲がったナイフやフォーク、バックルのようなもの……。どれもこれも、つまらないものばかりだった。

「他にはないんかね?」ジミーが言った。

熊は、取引を続けるべきか判断しかねる様子で、しばしジミーをじっと見つめた。そして、薄汚れたぼろぼろの布の包をゆっくりと開いた。中から出てきたのは、金の指輪であった。鉄格子のすぐ下できらめくその指輪を見たジミーは、手に取ってもいないうちから、よく分からんがこいつは値打ちものだと感じた。そう直感したのである。

指輪には宝石がはめ込まれており、小さく光を反射していた。「そいつを見せなよ」ジミーが言った。

熊は指輪を渡すのをためらった。長年にわたって汚物の中を這いずり回り、そこから拾い上げたなけなしの財を交換しながら暮らしてきた熊には、この指輪がいつものがらくたとは違うことが分かっていたのだ。

ジミー・ザ・ハットは肩をすくめると両手を開いてみせた。「ちゃんと見せてもらわにゃいかん。もしかしたら、製作者の刻印でも見つかるかもしれんからな」

熊は他にどうしようもなく、しばらくすると鉄格子の合間から指輪を差し出した。そこから地下に落ちたに違いない指輪が、今度は熊の爪につままれて地表に出てくる。ジミーはそれを受け取ると、片目の前に掲げた。そして指輪を見つめたまま腰を上げながら、灯りでも見つからないかといった様子で背後を振り向いた。立

ち上がったジミーは、あたりまえのようにベストのポケットに滑り込ませた。そして鉄格子の下にいる熊にウインクすると、背を向けて歩き去ってしまったのだった。
下水道から熊が恐ろしい声で吠えたが、ジミーはもう通りのずっと先を駆けていた。熊はもうひと声吠えると、冷たい金属に鼻を押し付けた。ジミーの最後の残り香を嗅ぎ取るために。男のすえた臭いを嗅ぎ取り、胸に焼き付けるために。
他にはどうすることもできなかった。他の熊たちは一部始終を聞かされ、この邪悪な詐欺師に目を光らせるよう伝えられた。それから数ヶ月、騙された熊はジミーのような詐欺師が現れそうなあたりを狙って仕事に出た。
何週間か過ぎたころのこと。ある交換人が、ジミーが指輪を高値で売りさばいた話を熊に聞かせた。熊たちをまとめて一ヶ月以上は食わせられるほどの金になったというのだ。また他の交換人は、ジミーが荷物をまとめて西へ旅立ったと信頼できる筋から情報を手に入れたと話した。他の熊たちはもういつもどおりの清掃作業や汚物掘りの暮らしに戻っていたが、騙された熊は夜になると自分の避難台に身を横たえ、全身が燃えるほどの熱と苦痛にさいなまれるほど繰り返し繰り返し、あの忌まわしいできごとをまざまざと思い返すのだった。

それがある日なんの前触れもなしに、ジミーの姿がホワイトチャペルで目撃された。いささか飲みすぎてひと騒ぎ起こした彼が、〈コック&ボトル〉という名の古いパブから放り出されたというのである。ジミーに騙された熊はこれを聞き付けると、ものの数分のうちにその場に駆け付けた。鉄格子までよじ登り、路面に鼻先を突き出す。

熊は、イースト・エンドを包む夜の香りをいっぱいに吸い込んだ。そして無数に混ざり合う臭いの中に、あの盗人、ジミー・ザ・ハットの臭いを確かに嗅ぎ取った。頭を引っ込め体をひねって向きを変えると、狭い排水溝に肩まで片腕を突っ込んだ。ジミーの声が聞こえる。辻馬車に向けてがなりたて、通りすがりの女に下卑た言葉を浴びせている。

ブーツをはいた足が側溝に突っ込んでくると、すぐにもう一方の片割れも下りてきた。なんとか転ぶまいとして、ブーツの両足がふらつき回る。それは、今まさに道を渡って立ち去ろうとしていたジミーの両足であった。いざ渡ろうかというときに猛スピードの馬車が彼をかすめて走り過ぎていったせいで足止めを喰ったのである。熊は馭者《ぎょしゃ》を罵《ののし》るジミーの声を聞き付けると、捕まえてやろうと手を伸ばした。

馬車はすぐに見えなくなった。ジミーは怒鳴るのをやめて側溝から抜け出そうとした。だが、なにかが邪魔をしてうまくいかない。ジミーは、きっとブーツがなにかに挟まったに違いないと足元を見下ろし、自分の足首をがっしりと摑《つか》む一本の巨大な熊の手に気がついた。それを見た瞬間、ビールをたらふく飲んだうえにウイスキーまでいくらか飲《や》っていたジミーだったが、まるで判事のごとくしらふに戻った。

足を引き抜こうとしたが、どうしても動いてくれなかった。もう一方の足で手を蹴り付けてみても、熊はまったく意に介さなかった。ジミーは、ブーツの紐をほどこうと側溝の中に身をかがめた。ブーツの片方くらい犠牲にする価値はあると考えたのだ。だがその指先が紐をかすめるたびに熊は握る手をじりじりとずらし、最後にはジミーのすねを摑まえたのだった。

ジミーは通行人たちに向け、助けてくれと声を張り上げた。ついさっきまで罵っていた通行人たちに向けてである。ほとんどの人々は知らん顔を決め込んだ。残りの何人かはちらりと目を向け状況を見て取ると、関わり合いになるまいと心に決めた。

時間が経つにつれ、ジミーはどんどん取り乱していった。鉄格子の下で、熊は彼の汗に混じった苦い狼狽《ろうばい》の臭いを嗅ぎ取っていた。他の熊たちが周囲に集まってくると、ブーツのもう片足を摑まえようかとか、しばらく肩代わりして力を貸そうと申し出た。だが、熊はどの申し出も断った。手を離してもいいと思える状況など、たったひとつしかありはしなかった。

一時間半かそこらが過ぎたころ、ジミーは極度の疲労感に心を襲われ、ついにくずおれた。だがここは、おそらく耐えるべきであった。そのせいでジミーは、排水路の中まで足を引きずり込むのを熊に許してしまったばかりか、熊から丸見えになってしまったのである。暗闇の中で光る熊の両目が見えた。熊は、大事な指輪を持ち去りぎわにウインクしてみせたのと同じ、あの目を見つめ返していた。

とはいえ、ジミーが生きたまま食われたわけではない。そんな噂話は、時の流れによって尾ひれのついた伝説のひとつに過ぎないのである。実際には、熊はジミーの足を排水路のさらに奥まで引っぱり込むと、ひとつふたつ嚙み傷を付けて流血させたのだった。それが済むとすっかり満足して足を摑んだまま、ジミーの体からゆっくりと命が抜け出していくに任せたのである。

いよいよ終わろうとしているジミーの人生を、多くの野次馬たちが見物していた。野次馬たちはひとことも発することなく、道の反対側に立っていた。ジミーがじたばたと悲鳴をあげ、まるで罠にはまった動物のように暴れる様子を、ただ突っ立って見守っていた。

そして、だんだんと動かなくなっていくジミーの姿を。

やがてジミーが絶命すると、熊たちはその死体を側溝の中に引きずり込んでいった。熊は堅実な生き物であり、ひょいと肉が落ちているのに出くわせば、どんな肉でも食料にしてしまう。おそらくはそんな習性こそ、ジミーが生きたまま食われたなどという話の元になっているのだろう。彼の体はすこしずつ引き込まれ、最後には頭が暗闇に飲まれて消えた。側溝に残されたのはぼろぼろの山高帽のみだった。ジミーが拾い上げた場所から、四分の一マイルも離れていない場所でのことである。

*

ジミーに当然の罰を下したのは熊たちにとって大勝利といえたが、瞬《また》く間に毎日の退屈な仕事が舞い戻ると、足首を摑まれたジミーの姿は記憶から薄らいでいった。そして熊たちはかつてのように汚泥《おでい》の中をとぼとぼと歩き回りながら、ときおり足を止めてはひと休みするのだった。夜になるとレンガの壁のずっと上まで登り、まるでロンドンの地面の一部にでもなったかのようにそこで眠りに就いた。

一日の終わりが訪れると、熊たちは決まって大格子の前に集まった。ここで下水道が広くなり、中身をテムズ川に吐き出すのである。ときには二、三十頭の熊たちがそこに座して川面《かわも》を眺め、荷船が行き交うのを見つめていた。船の頭上できらめく星々を見上げる熊もいた。

冬になると、あまりの寒さに川のあちらこちらがときどき凍りつくのだが、ある二月、テムズ川が端から端までびっしりと凍ってしまったことがあった。下水が温かいせいで排水口のすぐ外は小さな水たまりになっていたが、そこを越えてしまうと、もう歩きかスケートでしか川を渡ることはできなかった。

その週末はちょうどフロスト・フェア（凍った川面でさまざまな催しが開かれるフェア。一六〇七年から始まったが、気温の上昇に伴い川が凍結しなくなったため一八一五年からは取りやめられた）が開催されており、たくさんのアトラクションや屋台が並んでいた。まるでテムズ川が新たな大通りにでもなったかのように、ロンドンじゅうの人々が押し寄せてきたのではないかと思えるほどの人数がそこに集まり、川面を往来しながらビールを飲んだり転んだりしているのだった。

熊たちは暗がりに座り込んでじっとその様子を眺めていたが、やがて時間がくると手に手に鍬《くわ》やシャベルを取って仕事に戻っていった。しかし土曜日の午後、ひとりの少年が下水道のトンネル内でなにかが蠢《うごめ》くのに気がついた。少年は二十歩ほど歩くと氷の縁《ふち》で立ち止まった。あわや息子を見失いかけた母親が振り返ると、慌てて少年の元に戻ってきた。

「ねえ、さっきの見た？」少年は、母親に手を引かれ、明るい陽だまりのほうに連れ戻されながら言った。「ねえ、さっき熊がたくさんいたの見た？」

＊

三ヶ月後、十数頭の熊たちがまったく同じところに腰かけ、川面を眺めていた。川は穏やかでゆったりと流れていた。何頭かの熊がこくりこくりとうたた寝をしていると、一艘《そう》の荷船がゆっくりとたゆたいながら視界に入ってきた。

近づいてくる荷船を見てなにかを感じたのか、熊たちが一斉にそちらに注意を向けた。荷船とはえてして決心を感じさせ、そこには歴然たる意志が見て取れるもの。だがそれに比べてこの荷船ときたら、どう見ても目的が感じられないのである。それは船長がまる二日にわたり犬のように働き、その日もすでに上流から下流まで川を二往復もしていたからであった。ちょうどついさっき新たに石炭を積み込んでライムハウスへと戻るところで、きっと少々気が抜けたのだろう。今やほっとするあまり、操舵輪に両手をかけたまま、胸につきそうなほどあごを下げて瞼《まぶた》を閉じていたのである。

荷船は川を横切るように進んでくると、やがて見守っている熊たちの目の前にまで近づ

いてきた。熊たちは何年にもわたり数え切れないほどの荷船を見てきたが、二十ヤードもないほどの距離まで近づいてきたのはこの一艘が初めてであった。

きっと向きを変えるぞ、と熊たちは思った。すぐにでも向きを変えるぞ、と思った。だがそのまま刻一刻と時が過ぎていくうちに、熊たちはどうやら荷船が大格子に衝突するのではないかと思いはじめた。その可能性が見込みへと変わり、そして確信に変わる。

もし荷船に積荷がなければ衝突したところで大したことにはならなかっただろうが、なにせ四十トンもの石炭を積んでいたのではひとたまりもない。舳先《へさき》が縦棒に接触してもなお荷船は進み続け、どんどん下水道の中へと突っ込んできた。

縦棒が一本残らず基礎からもぎ取られると、船体の下敷きになった大格子はひどい軋《きし》みを立てながら、そのまま二十フィートかそこら引きずられていった。荷船はさらに本水路を進み続け、その舳先を熊の群れの中に突っ込んだ。そして周囲の光景を観察でもするかのようにしばらくそこに停止してから、今度はゆっくりと後退を始めた。テムズ川までずるずると滑り出ると、そのまま後ろ向きに対岸目指して進み出したのである。

船長も下水道の熊たちも、もうすっかり目覚めていた。大格子の横で微睡《まどろ》んでいた熊たちも、衝突の轟音に飛び起きていた。それどころか、ロンドン地下の配管や水路のそこかしこで熊たちがぴたりと動きを止め、轟音の聞こえたほうに顔を向けていた。そしていっせいに駆け出すと、全速力でそちらに向かいはじめたのだった。

川を眺める熊たちにしてみれば、これまでずっと眺め続けてきた川が自分たちの味方となるのか敵となるのか、まったく知るよしもなかった。泳げるはずだという気持ちはあっても、そんなものは単なる予想にしかすぎなかったのである。だからおずおずと水に入っていった熊たちは、自分たちの体が川に浮かぶのを知って心の底から安堵《あんど》した。

熊たちになど気づかないまま、ロンドンの日常は続いていた。もう遅い時間ではあったが、それでも何百という人々がテムズ河畔通りを往来し、サザークとブラックフライアーズ間にかけられた橋を渡っていた。テムズ南岸でなにか騒ぎが起きているようだとは思っても、ほんの五十ヤード先で川を泳いでいる熊の群れになど、誰も目を向けなかったのである。

熊たちは本能的に、派手に動けば人目を引いて厄介なことになると分かっていた。そのうえ今は引き潮だ。流れに身を委《ゆだ》ねながら熊たちは東へと向かい、ロンドンを脱していた。川幅が広がると熊たちはようやくほっとして、ぱちゃぱちゃと群れで水を掻《か》き出した。

そしてサウスエンド＝オン＝シーから数マイルのところにあるツー・ツリー島の浜辺に濡れて凍えた体で上がると、いったいぜんたい自分たちはどこにいるのか、これからどちらの方角に向かえばいいのか、どこで次の食料が手に入るのか、と訝《いぶか》りながらそこに座り込んだ。

長く囚われていた者というものは我が身の自由を確信するまでしばらくは、極度の不安に襲われるものだ。いや、心配とも不安とも取り違えかねない気持ちを胸に感じるものだ。だがこれは単に、どうすればいいのか分からないだけなのだ。ツー・ツリー島の熊たちも、まさしくそうだった。やがて熊たちは立ち上がって体の砂を払い、北に向けて歩き出したのである。

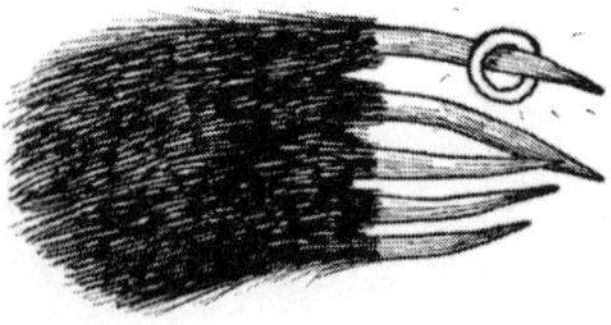

6

市民熊

Civilian Bears

我々の中に紛《まぎ》れて熊が生きているという噂は後を絶たない。だがまずは手始めとしてこの章の主役となる熊と、日々の食料難に陥《おちい》るとたまに街の郊外にさまよい込んできてはゴミ箱の蓋《ふた》をひっくり返し、犬を驚かせ、言うまでもなくその飼い主も驚かせる野生の熊たちとの区別をはっきりさせておかねばなるまい。我々がここで目を向けるべき熊とは、あらゆる手を尽くして意図的に人間社会に入り込んでくる熊である。人間と同じくまったく退屈な人生を送っているかと思えてしまうほど、巧みに紛れ込む熊たちなのである。

こうしたなりすましの物語の中には、イギリスの労働者階級の地域から生まれたのではないかと思しきものがよく見つかる。たとえば、こんな報告である。スミスフィールド・マーケットあたりで牛肉の塊《かたまり》を肩にかついだ熊を見た。ランカシャー州リシュトンの工具店で一頭の熊が店員として雇われた。ダーラムとノッティンガムシャーの炭鉱では、何頭かの熊たちが炭鉱労働に従事している……。

一九二〇年には「熊のような見かけの男」がイースト・アングリア地方のホテルに雇われているとの報告が二件、別々にあがった。一件はクローマーの伝統あるホテルから、そしてもう一件はサウスウォールドにある安宿の厨房からである。確かに大量の食料がそこにあるのは間違いないにせよ、なぜ熊が――もしくは熊たちが――飲食業に引き寄せられていくのかは謎であった。

一八七〇年代に熊に嫁いだと主張するドーセットの女については、疑いの目を向けざるをえない。あらゆる「夫、もしくは妻が熊です」系の話の例に漏れず、この話に登場する夫もまた、単に熊と似通った特性をひとつふたつ持っていただけである可能性がきわめて高いからだ。たとえば腹や下半身がでっぷりとしていたり、気難しく不機嫌であったり、全体的に毛深かったり、そのようなことである。それにこうした熊を伴侶に持つということの手の申し立てには往々にして、夫婦関係が何らかの破綻《はたん》を迎えてからしかなされない傾向がある点も見逃してはなるまい。

熊のパブ店主、熊の学者、熊の路上生活者。こうしたものはどれもこれも多かれすくなかれ、人の妄想や悪意から生まれたものとして否定していい。これは、熊の郵便配達やボクサー、鉄塔のペンキ塗りなどについても同様である。だが長年の歴史の中においては、熟考に値する詳細な文献の残る事例がすくなく見積もってもたっぷり一ダースかそれ以上残されている。この章の目的は、中でもとりわけよく知られる事例を時系列で記していくことである。

ここに登場するのは、ヘンリー・ハクスリーと呼ばれた個体である。幼少期および育ちについては大して知られておらず、さらに言えば、その後も何年にもわたりろくろく情報は見つからない。まるで一九三一年春、成熊となって深海潜水服に身を包んだハクスリーが、突如ブリクサム港に出現したかのようにすら見えるのだ。それ以前のことについては、裏付けのある情報はひとつとして残っていない。とにかくそこで彼がヘルメットに付いた小さな丸窓を通して周囲の景色を見渡している間、相棒のジム・ストゥーリーは、すこし離れたところで男を捕まえて話をしていたのだった。まれにハクスリーがそうしてやる気を出すときには、ジム・ストゥーリーがいつもそばに付いていた。この理由として可能性があるのは、ストゥーリーのほうが経営や運営の手腕に長けていたことだ。もうひとつ考えられるのは、深海潜水の危険を熟知していたストゥーリーが、誰かを自分の身代わりにしてそれを引き受けさせたかったからであろう。

どのような関係であったにせよ、ふたりはうまくやっているように見えた。ヘンリー・ハクスリーが重量や装備の確認をしている間、ストゥーリーは港長《こうちょう》と一緒に業務の詳細を見直していた。これは平凡な潜水業務とはわけが違う。いくつかの深海潜水業者はせっかくやってきても、状況を説明されると見積もりも出さずさっさと退散してしまった。問題点をごく簡潔に説明すると、トロール漁船が落としていった古い地引網が港内に流れ着き、釣り糸や錨《いかり》がどんどん絡《から》まり続けているのである。絡まりあった鎖や網やワイヤー類の巨大な結び目をほどくだけでも難題なのに、そのうえ潜水者に空気を供給するホースまで一緒に絡まってしまいかねないという意見が出たせいで、一気に命がけの仕事になってしまったのだった。

そのようなわけでこれまでの業者たちは、問題には手を出さず放置し、地元の漁師たちは港の反対側に船を停泊させるようにという助言をするばかりだった。だがジム・ストゥーリーは仕事にかかる直前だというのに、港長と握手を交わしていた。そしてハクスリーのもとに行くとその肩に腕を回し、港の中でも波が穏やかな場所へと連れていった。その場に居合わせた者の言葉によると、ふたりはあれこれと身振り手振りを交え、片方は潜水用のヘルメットをかぶったまま顔を突き合わせ、どのくらいの水深にどのくらいの範囲の問題があるのか、そしていったいどうすれば自分たちは現実的に解決できるのかを論じ合っているようだったという。

その三十分前、中世のものと見られるほどに古びた手動の空気ポンプが港に持ち込まれた。それから地元の若者がふたり呼ばれ、本体に取り付けられたふたつの大きなハンドルの使いかたをしっかりと教え込まれたのだった。

「休まずに回し続けるんだ」ジム・ストゥーリーはふたりに指示を出した。「速くしたり遅くしたりすることがあれば、そのつど教えるからな」

今ストゥーリーは手漕ぎボートに乗り込み港に出て、ヘンリー・ハクスリーが海中に下

りていったはしごのそばにつけて海に身を乗り出していた。両手で、彼が物見箱と呼ぶ道具を支えている。これは底面にガラス板がはめ込まれた四角い箱のような作りで、両側に真鍮製のハンドルが取り付けられていた。作業をするハクスリーの様子を見るため、しょっちゅうそこに頭を突っ込んでいるのだ。そうでないときには後ろを振り向き、空気ポンプにあれこれと付いたバルブやメーター類を確認するのだった。

　メーターの針が左に落ちているのを見て、ストゥーリーはふたりに向けてこう叫んだ。

「回せ回せ！　そうだ、どんどん回せ！」

　そして針が危険なほど右に振れていると、こう叫んだ。「よしよし、ふたりとも。すこし手を緩めてやれ。そうだ、今のうちに休んでおけよ……」

　こうして三人は新鮮な空気を送り込み続け、海底の暗がりではヘンリー・ハクスリーが必死に網をほどいていたのだった。ハクスリーは、スチール・カッターとパン切りナイフしか持たずに、金属のはしごを一段一段下りていった。そして四十五分後、ふたたび海面に姿を現したときには、右肩に太い鎖を一本かついでいた。鎖の先は港の海中へと続いていた。

「そうら、ごらん」ジム・ストゥーリーは、地元の見物人たちのほうを振り返った。「こいつが悪さをしてやがったのよ」

港に上がって両手で鎖をたぐり寄せているハクスリーを見て、地元の見物人たちは、この男が並ならぬ怪力の持ち主であるという噂は本当だったのだと納得した。人々は、鎖の先になにがあるのか口々に話し合ったが、大多数は、鎖が海面から出てくる速さから見てきっと大したものは付いていないはずだと踏んでいた。だが、それは間違いだとすぐに判明した。ひどく錆《さ》びついてはいるがスパイクも健在で、まだ今にも爆発しそうな様子の機雷が海面から姿を現したからだ。機雷は、あわや壁にぶつかりそうなほど近くでぶらぶらと揺れていた。

ものの二十秒のうちに、見物人たちは蜘蛛《くも》の子を散らすように逃げ去っていった。ほとんどの人々は自宅に逃げ帰って台所のテーブルの下に潜り込んだが、中にはできる限り距離を取ろうと丘に駆け上がった者もいた（港を一望できるところにいれば、大爆発ですべてが吹っ飛んでも一部始終を見逃さずに済むからである）。港に残ったのはハクスリーとストゥーリー、そして、突然全身の血の気が引いてしまってさえいなければ自分もさっさと逃げ出してしまいたい港長だけになっていた。

ハクスリーと、やたら楽しげなストゥーリーが、短い目配せを交わした。それからストゥーリーが何歩か後ずさって場所を空けると、ハクスリーは鎖を強く握りしめて体ごと回転を始めた。片足のかかとでぐるぐると回り続けるうちに、鎖の先の機雷は宙に浮き、やがて胸の高さにまで上がってきた。ヘンリー・ハクスリーは最後にもう一度思い切り回転して勢いを付けて体をのけぞらせ、まるでハンマー投げの選手のように高々と腕を上げて鎖から手を離した。機雷はまるで鎖の尾を引く彗星《すいせい》のように防波壁を越え、誰もいない海めがけて飛んでいった。丘の上にいた人々はハクスリーが目標を誤ることなく手を離してくれたのを見て胸をなでおろした。ひとつ間違えば、機雷は自分たちめがけて飛んできていたかもしれないのだ。

だが、少々残念なことに爆発は起こらなかった。それでも見物人たちからは割れんばかりの拍手が湧き起こった。港長はストゥーリーと握手を交わすと、ハクスリーともそうしようと思い近づいていったが、その瞬間ものすごい音が轟《とどろ》いて海面が爆発し、数秒ほどしてからまるで土砂降りのように海水が街へと降り注いできた。

大勢の死人が出ても、なんの不思議もないような話であった。それがこうした劇的な顚《てん》末《まつ》を迎え、ストゥーリーとハクスリーの評判はまさにうなぎのぼりになった。かいつまんで説明するならば、他の深海潜水業者なら避けて通るような仕事でもこのふたりならこなしてくれると評判になったのである。

次にふたりが成し遂げた有名な仕事は、ダービーシャーの一件だ。そこに住むある地主が、いつでもいいから近くを通りかかった際には立ち寄ってくれるようふたりに手紙を書いた。いわく領地にいくつか洞穴があり、それを「公共の利益のために開通させたい」とのことだったが、これは裏を返せば観光地として人々から金を取り、ちょっとした小遣い稼ぎをしたいと思っているということである。到着したバンからストゥーリーとハクスリーが下りてくるのを見た地主は、ハクスリーがすでに潜水服とヘルメットを装着しているのを見てやや驚いた。

「暑くないのかね?」地主が訊ねた。

「そりゃあもう」話によると、そう答えたのはストゥーリーのほうであった。「でもこいつときたらへっちゃらなんで」そして相棒に手を貸してよそを向かせると、問題の洞穴についての詳細を地主に質問した。

地主は先頭に立ち、持てる言葉の限りを尽くしてこの仕事を断った何人もの潜水士たちを罵《ののし》りながら、洞穴の入り口までふたりを案内していった。

「空気供給ホースが岩で切れちまうって言うんですよ」と、まるで空気が足りなかろうとそんな心配はつまらないことだと言わんばかりの口調で言うのである。

「この先には、洞穴がふたつありましてな」地主は言葉を続けた。「まあ、どっちも特に変わりばえのせん洞穴ですよ。あるものといえばみじゅばかりでね」これは水のことであるが、このように発音すると、なんだかさらにびちゃびちゃして感じられた。「その向こう側になにがあるのか、私は知りたいと思ってるんですよ」

　ダービーシャーは地底洞窟や地下空洞がたくさんあることで有名なのだと、地主はストゥーリーに話して聞かせた。そして、水で満たされた洞穴を抜けた先には見事な洞窟や空洞がいくつも見つかるものと断固信じているのだと語った。洞穴の入り口にやってきたストゥーリーは、もし地底洞窟や地下空洞が実際に発見されたら水で満ちた洞穴はどうするつもりなのかと、訊ねてみた。

「なに」地主は、たいしたことではないといった顔で答えた。「そしたら吹っ飛ばして大穴でも空けて、通れるようにするまでよ」

　そばに立っていたハクスリーは、地主が冗談でも言っているのかと顔を見上げた。だが、どうやら本気らしい。事実、構台《こうだい》や足場を大量に運び込んでそこに組むつもりだと地主は構想を語っていたのである。大勢の人々に金を払わせ、その上を歩かせるのだと。ストゥーリーは、ふとハクスリーを見やった。ハクスリーは、まだ依頼主の正気を疑うかのように、じっと見つめ続けていた。

　さて、いよいよ作業に着手しようかという段階で、ストゥーリーはまたもハクスリーを引っ張って地主から引き離すと、いくつか内密の指示を出した。ストゥーリーが平らに伸ばした手を下げて水に浸すようなジェスチャーをするのに目を留めた地主は、きっといかに潜水してその先の洞窟にたどり着けばいいか説明しているに違いないと思った。それが済むとストゥーリーはハクスリーに空気供給ホースを装着し、金具を締め、穴の入り口へと連れていった。

ストゥーリーは蛍光ランプを点け、ハクスリーが腰に巻いたカンバス地のベルトにロープを取り付けた。前夜、ふたりは手持ちの中でも長いロープを四本選び出し、どんなことが起きてもいいよう繋ぎ合わせておいたのだった。潜水中のハクスリーがそれを三回強く引っ張ったら、ストゥーリーがなんとしても穴から引きずり出す手はずである。

ストゥーリーは自ら空気ポンプのハンドルを握ると、ゆっくりと大地に飲み込まれていく相棒を見守った。洞穴の入り口は、地面に空いたひび割れ程度の、ほんの小さなものである。中に入ったハクスリーはランプを掲げながら最初の洞穴を注意深く進みきると、二本めに突入した。下層部は、油と見まがうほどに黒々とした水に浸っていた。ハクスリーがそのまま冷たい水に足を踏み込み、頁岩《けつがん》を踏みしめながら二十フィートかもうすこし下ったころだろうか、地面がふたたび平坦になった。蛍光ランプに浮き上がる低い岩盤の天井の下、反対側に向けて頁岩の岸を上っていく。

最初の洞穴は、コケやスイレンに覆われていた。次の洞穴は左右に四分の一マイルもの広がりを持ち、さながら地下の舞踏場であった。三つ目の地下空洞の内部には滝が落ちていた。細い奔流が扇状に広がりながら落ち、霧ほどに細かくなって百フィート下の岩に降り注いでいるのである。四つ目は、石筍《せきじゅん》の迷宮だった。

ハクスリーは、まるでエドワード朝時代の宇宙飛行士のように進んでいった。体につないだロープが許す限り進んでいった。それから岩の上に腰を下ろすと周りを眺め回した。腰かけたまま、しばらくそうして眺め回していた。

言うまでもないことだが、熊と洞穴には確かに似たところがある。おそらくそのせいでハクスリーは、洞穴を吹っ飛ばして道を作り、このような荘厳な場所にひっきりなしの見物人の行列を作るなどという構想を聞いて、あんなにもぎょっとしたのだろう。

たっぷり三十分が過ぎてからようやくハクスリーが洞穴から出てくると、地主は彼が落ち着くのも待たずに駆け寄り、小さな丸窓をこつこつと叩いた。ストゥーリーはヘルメットをすこしだけ上げるから離れているよう強く言うと、スパナを取り出して作業にかかった。

ヘルメットが持ち上がると、地主は大げさな身振り手振りを交わし合うふたりの姿を見つめた。もしかしたらこの潜水士は以前なにか事故で口と耳を奪われたのではないかと、彼は訝《いぶか》った。

だが、数分ほどするとストゥーリーが、なにやらしょぼくれた顔をして地主のところに戻ってきた。

「どうも……おたくのおっしゃるとおり……水浸しみたいで」彼が言った。「水浸しで、あとは岩だらけって話でして」

地主にしてみれば、聞きたくもない話であった。だがこの瞬間は、時が経つにつれて重い意味を持つことになっていった。この瞬間こそがハクスリーとストゥーリーの関係にと

って、終わりの始まりとなったからである。宿へと引き返していくバンの車内には、不穏な雰囲気が立ち込めていた。ストゥーリーは、実は水を抜けた先にはさらにたくさんの洞窟が広がっていたのではないかと、強い疑念を抱いていたのである。吹き飛ばして道を作れば長きにわたり金の卵となってくれる、夢のような地底洞窟や地下空洞がいくつもあるのではないかと。だというのにその同じ年月を、わずかな日雇いの仕事を求めて国じゅうをくたくたになりながら駆けずり回らなくてはいけないというのだろうか。ストゥーリーはたっぷり二十分もそんな言葉を胸に押し込めていたが、最後に爆発した。

「お前、あのロープを最後の一インチまで使い切ったのに、なにもなしか」道路からちらりとも視線をそらさず、ストゥーリーは言った。「最後の一インチまでだぞ」

*

それからふたつ、なんの変哲もない仕事が続いた。ハリッジで依頼された港の水中修理が一件と、リーズとリヴァプールを結ぶ運河で請け負ったちょっとした工事が一件である。そしてある日、ふたりのもとにウィンチェスター大聖堂から一通の書簡が舞い込んできたのだった。その書簡によると地下室が冠水したことを承《う》けて予備調査を行ってみたところ、大聖堂の基礎が巨大なブナ材の材木で作られているのが分かったのだが、これがすっかり腐り切ってしまっているため、今や大聖堂の建物全体が巨大な岩舟のごとくハンプシャーの地に転覆しかかっているというのである。

ストゥーリーとハクスリーは書簡を受け取って二十四時間のうちに到着した。ストゥーリーは個人的に、この仕事はたっぷり二年分の飯の種になるはずだし、のんびりやればさらに食いつなげるはずだと踏んでいた。それでもふたりは初日の朝に形式どおりに状況を調査しはじめた。だが、ハクスリーがその日三度目の潜水で聖堂南翼の地下四十フィートに潜っているとき、ストゥーリーはうっかり目を離すという致命的な過ちを犯してしまう。

彼はぼんやりと湿地牧野の景色を眺めながら、もしここに家と、もしかしたらちょっとしたボートでも買えるだけの金を作れたらどうだろうと夢想していたのだった。そして、地元の娘と付き合い住み着くことができたなら……。日曜にはぽかぽかのポーチに腰かけて過ごすことができたなら……。クレソンの風味をすこし付けたパンとチーズでもかじりながら……。夜中に若妻をボートに乗せて連れ出し、いちゃついたりできたなら……。そんな暮らしに想いを馳せているとぐっとロープを引っ張られ、ストゥーリーは空想世界から引き戻されたのである。

いつしか空気ポンプのハンドルを回すのも忘れてボートを漕いでいた。慌ててメーターに目をやると、針はぴくりとも動かずピンの上に載っていた。ストゥーリーは慌ててハンドルを回し出した。必死に回すと空気の供給は十秒もせずに復活したが、大変なことが起こってしまう可能性は彼自身が誰よりもよく分かっていた。ハンドルを回しながら彼は、もしや自分はハクスリーを殺してしまったのではないかと焦った。それとも、脳障害でも負わせてしまったのではないかと。だが二分後、ハクスリーはぴんぴんした姿で戻ってきたのだった。ストゥーリーがボルトをはずしてヘルメットを持ち上げると、まだ手も離さないうちに、ハクスリーが右のフックを叩き込んで彼を床に転がした。目撃者たちの弁によればフックというより伸ばした腕で薙《な》ぎ払うようだったとのことだが、ともあれ強烈な力でストゥーリーとヘルメットを、優に十フィートは吹き飛ばしたのだった。

　肝心のふたりが聖なる場所で殴り合い取っ組み合っていたのでは、会社の評判も当然ただでは済まず、ふたりは一時間もしないうちに帰路に就くはめになっていた。工事の契約は、ウィリアム・ウォーカーなる人物に移譲された。冠水したウィンチェスター大聖堂の基礎の補修工事によりウォーカーはそのあたりで一躍ちょっとした名士となり、すでにはらわたの奥までたっぷり苦々しい思いにさいなまれていたストゥーリーに、さらに苦汁を飲ませたのであった。

*

エセル・ブレイスウェイトは、歳こそ取っていたが背たけは小さかった。人生の盛りのころでもせいぜい四フィート十一インチしかなかったというのに、七十歳を過ぎてからは、毎年みるみる縮み続ける一方のように思えた。

「ばあちゃんがどんどん縮んじまってってさ。このまま縮んだら、ウィータビックス（売れ筋のシリアル）の箱に入れて葬式しなくっちゃだよ」と、いちばん下の孫、ネッドは吹聴したものである。

だが彼は一ヶ月もしないうちに、そんな軽口を叩いたことを悔やむはめになった。ネッドが言うほどではないにせよ彼女の棺《ひつぎ》はごく小さく、ともすれば子供用と見間違ってしまうほどであった。ヘンリー・ハクスリーは、それをマディングリー貯水池の浜辺まで運んでいった。楽々と小脇に抱えて運べるほどだったが、ジム・ストゥーリーが死者に敬意を払うよう言い、体の前で抱えさせた。ハクスリーはいつもどおりの潜水服に身を包み、いつもと違い一本のシャベルをベルトに挟んで背負っていた。

水に足を踏み入れ、最初の数歩を慎重に進む。今はつまずいたり、足を滑らせたりするわけにはいかないのだ。確かに控え目な棺ではあったものの、中にはブレイスウェイト夫人にくわえ、置いたところから動かないよう、重し代わりのレンガが十数個入っているのである。

牧師はブレイスウェイト家の孫ふたりとその母親を両脇に従え、浅瀬に浮かべたボートに乗っていた。その隣のボートには厳粛な面持ちの若者たちがふたり腰かけ、ストゥーリーの指示のもと空気ポンプを操作していた。さらにもうひとりがオールを握っていた。他の哀悼者たちは手漕ぎボート四艘《そう》に分かれて乗り込んでいた。

人々は、注意深く水に入っていく深海潜水士をじっと見つめた。ハクスリーは胸元まで水に浸かると、棺の重みを水に委《ゆだ》ねた。そして、棺から最後のあぶくが出切ってしまうまで、そのまま運んでいった。さらに一分も経つとハクスリーもエセルも視界から姿を消し、後にはただ水中に空気供給ホースが続いているのが見えるばかりであった。

厳《おごそ》かな沈黙ののち、ジム・ストゥーリーが貯水池の沖を指差した。漕ぎ手たちが前後に体を揺すり、オールを漕ぎはじめた。ハクスリーは立ち止まることなく暗く冷たい水底へと進み続け、その頭上に浮かんだ六艘のボートがゆっくりとそれに続いた。

死んだ夫の隣に葬《ほうむ》ってほしいというのは、かねてよりエセルが抱き続けてきた遺志だった。普通であれば、このような願いを叶えるのは難しいことではない。しかし、ブレイスウェイト家がはした金の小切手を受け取り他の三十家族とともに我が家を追い出され、村が水没するのを見届けてから十年が流れていた。彼らは幼き日に自分たちが駆け回った通りが水に飲まれ、我が家がゆっくりと視界から消えていくのを目《ま》の当たりにしたのである。自分たちが結婚し、子供たちが洗礼を受けた教会が徐々に水に沈み、やがて尖塔だけが誇らしげにそこから突き出していた。そしてそれが風見鶏だけになり、その風見鶏も最後には水中に消えてしまったのだった。

そして今、自らも死者となり、彼女はここに戻ってきたのである。哀悼者たちの上にぽつりぽつりと雨粒が落ちてくると、傘が六本ばさばさと開いた。エセルの娘がひとり、牧師にそれを差してやっていた。ジム・ストゥーリーは物見箱で水中を覗いていたが、ときおり悠然と進んでいくハクスリーから顔を上げると、圧力計に目をやり確かめた。ウィンチェスターでの一件のように、またぶちのめされたりしたらたまったものではない。あわや首を折られかけたのである。ストゥーリーは考えた。またしても似たようなへまをやらかすことがあれば、今度は二度とあいつが戻ってこられないよう徹底的にやってしまうほうがいい。

牧師は、湿った小さな聖書を覗き込むように猫背になり、まるでまじないでも唱えるみたいにぶつぶつと言葉をつぶやいていた。下の海中は小雨がぱらついてもまったく関係な

く、無限の陰鬱《いんうつ》さに閉ざされていた。ハクスリーが見渡す限りどこもかしこも、まるで世界が己の存在に確信を持っていないかのようにぼやけ、揺らめいていた。ハクスリーはどこに向かえばいいかだいたいしか教えられていなかったが、棹を正しい方向に運ぼうと精一杯がんばり続けていた。だが、それでもたっぷり四分の一マイルを歩き、そろそろホースの長さにも余裕がなくなってきていた。ハクスリーの気持ちが挫《くじ》けかけたころ、ブーツの底がようやく硬い地面を踏みしめた。見下ろせば石畳が広がっていた。苔《こけ》むした石畳の間から水草が伸びている。そのまま進んでいくと右手に石垣が姿を現し、その向こうに建ち並ぶ小屋の陰が見えてきた。それからすぐ、目抜き通りに出た。そして間もなく、前方に教会の尖塔がそびえていた。

教会墓地の門が、ひとつ開けっ放しになっていた。もう片方の門は上の蝶番《ちょうつがい》がはずれ、のけぞるようなおかしな角度で残っていた。頭上では、ジム・ストゥーリーが物見箱ごしにその様子を見つめていた。

「いたぞいたぞ」彼の言葉が物見箱の中に反響した。「墓場にいるぞ」それを聞き付けた他のボートも、ジム・ストゥーリーのそばにゆっくりと進んできた。

さて、水中で穴を掘るというのは、なかなかの難題である。やや手間取りつつもスタンリー・ブレイスウェイトの墓石を見付け出すと、ハクスリーはその隣にそっと彼の妻を下ろし、シャベルを抜いて作業に取りかかった。だがシャベルですくい上げるたびに土はほんのわずかばかりを残してもうもうと舞い上がり、ついにハクスリーの姿などまったく見えなくなってしまった。

土煙を最小限に抑えて作業をする方法を考え、エセルのささやかな棺を埋められる深さの穴を注意深く掘りあげるのに、かなりの時間を取られた。ハクスリーが首をもたげて貯水池の水面を見上げると、そこにたゆたう六艘のボートの舟底が見えた。ロープを摑《つか》み、ぐいと強く引く。ストゥーリーは視界の端でロープがよじれるのを見て取ると、牧師にうなずきかけた。

「よっしゃ、始めてくんな」ストゥーリーが言った。

このような口をきかれて、牧師はむっとした。いつもならばこうした場では、自分が主導権を持つのが当たり前である。けれど今はそれを取り上げられた苛立ちよりも、水上に出ている不安感のほうがずっと強いのだった。少年時代に出かけたヨークシャーでのボート遊びであわや溺《おぼ》れかけたことがある彼は、それからというもの、可能な限りボートから身を遠ざけてきたのである。今はとにかくさっさとすべてを終わらせ、紅茶の入ったカップを手に自宅の暖炉の前に腰かけたくてたまらなかったのだ。

「今朝こうして私たちがここに集まったのは」牧師は、ブレイスウェイト家の参列者たちに向けて語り出した。そして「この大地に……」と言ったところで水面を見回し口ごもると、首を横に振って先を続けた。「……我らが友であり、隣人であり、愛しき家族であるエセル・ブレイスウェイトを還《かえ》すためです……」

貯水池の底でハクスリーはおよそ一分ほどじっと待ってから棺を抱え、穴の真上に移動させた。重力に委ねられた棺がゆっくりと穴に沈んでいき、やがてエセルはついに夫の隣に戻っていった。

ハクスリーはシャベルを手に取ると、掘り返した土を棺の上にかぶせはじめた。土を入れ終わるとシャベルで叩いて固め、その場にしばらく立ち尽くした。振り向き、自分の周りを眺める。ちょうど、ダービーシャーの地下に広がる荘厳な洞穴で周りを眺め回したのと同じように。

その頭上では六艘のボートが岸辺に戻ろうと、ゆっくり向きを変えているところだった。「さあ、行った行った」ストゥーリーが他の面々に声をかけた。「こっちもすぐに追いつきますんでね」

牧師はやはり、この下品な潜水業者などにあれこれと仕切られるのが不愉快だったし、深海潜水士だかなにかがのろのろ戻ってくるのを貯水池のまん中で待ち続けなくてはいけないのだと思うと、なおさら不愉快だった。数分後、牧師はようやく勇気を奮い起こし、

あとどのくらいこの小雨の中で待ち続けなくてはいけないのかと訊ねたが、ストゥーリーは物見箱に突っ込んだ頭を上げようとすらしなかった。

「ひどく濁《にご》ってやがるな」彼が言った。

その瞬間、空気ポンプのハンドルを回していた若者たちがいきなり手応えを失い、力余って前に飛び出すと、あわやボートから落ちかけた。

メーターの針はどちらも左に落ち、鉄釘のようにぴくりとも動かなかった。そして、恐怖におののきながらストゥーリーがそれを凝視《ぎょうし》していると、ボートの周囲の水面がぶくぶくと泡立ち出した。二艘に乗る人々が、水面を乱す泡をじっと見つめる。ストゥーリーは悪態をつくと、また物見箱に頭を突っ込んだ。

ふたたび人々のほうを振り向いた彼の顔は蒼白であった。「俺たちはなにもおかしなことなんてしてないぞ」突如、あのときよりもこっぴどくぶちのめされる恐怖に襲われると、ストゥーリーが言った。「あんたら全員が証人だぞ。一から十まで決まったとおりにちゃんとやったんだ」

男たちがポンプを回す手を止めるとすぐに水面の泡立ちが小さくなり、やがてすっかり鎮《しず》まると、ただ雨がそぼ降るばかりになった。ストゥーリーがたぐり上げた空気供給ホースが、まるで巨大うなぎのように足元でのたくっていた。ずたずたに切れたその先を引き上げ、彼は愕然とした様子で凝視した。そしてがくりと膝をついてまた物見箱に顔を突っ込んだが、なにも見えなかった。水底で動くものは、なにひとつなかったのである。

五分はぐるぐるとボートを漕ぎ回り、さらにまた五分が過ぎると、牧師が他のボートも捜索に手を貸してくれるかもしれないのだから岸辺に戻るべきだと言い出した。だが陸地にたどり着くやいなや、牧師はボートから飛び降り道の先に姿を消してしまったのだった。六艘のボートは船団となって、貯水池の端から端まで漕いで回った。どのボートからも誰かが身を乗り出して水面を見つめていたが、収穫はまるでなかった。ストゥーリーは、まるで怪物のように水中から出現するハクスリーの妄想に付きまとわれ続けていたが、そんな姿を思い描くたびに心臓が早鐘のように打ち、ひどく具合が悪くなってくるのだった。

事実、何年も経ったのちにも彼はぐっすり眠っている間に幾度となく恐ろしい深海潜水士の悪夢に襲われ、冷や汗にまみれて時には悲鳴をあげて飛び起きた。そしてベッドを抜け出すと冷水で顔を洗い、心を落ち着かせたのである。

ストゥーリーは話を聞いてくれる者があればいつでも、自分は相棒が無事に戻ってこれるようすべてぬかりなくやったのだと話して聞かせた。だが深海潜水の世界にはいつでも根深い迷信が付きまとうもので、ハクスリーの後を継いでくれるような相手とはついに巡り合うことができなかった。結局彼はスコットランド西岸でトロール漁船に乗り込んで働き、このうえなくつらい人生を送ったのである。

ハクスリーはそれまでにも何度となくストゥーリーを見限ろうと思いながらも、とことんまで奈落の底に突き落としてやろうとして企み続けていたのだった。熊は想像を絶する怪力の持ち主として有名である。しかし、あまり知られていないことながら実は肺活量も相当なもので、その気になりさえすれば数分は息を止めていられるのだ。ハクスリーはその間に悠々とシャベルでホースを断ち切り、潜水服を脱ぎはじめたのだった。

熊は固くなったカンバス地を爪で引き裂くと、まるでハリー・フーディーニ（「不死身の男」「脱出王」などの異名を取り、アメリカで名を馳せた、ブダペスト出身の奇術師）のようにもぞもぞと抜け出した。そのうえ、教会までの四、五十フィートを楽々泳ぎ切れるほどの余裕をまだ残していた。偶然なのか、それとも計画どおりなのかは知るよしもないが、ハクスリーは尖塔の腐った瓦を剝ぎ取ると、教会の鐘を見付け出した。今やすっかり錆《さ》びついてはいたが、それでも鐘の中には大量の空気が封じ込められていた。十年ものすえた空気ではあったが、呼吸はできる。ハクスリーはそれを吸い込むと、水上の騒ぎがすっかり収まってしまうのをじっと待った。そしてもう一度肺いっぱいに空気を吸い込んでから水面にのぼり、岸辺に向けて泳いでいったのだった。

＊

ジム・ストゥーリーは、発破をかけて美しい地底洞窟への道を拓《ひら》く夢や、ウィンチェスター大聖堂の地下でのんびりだらだら過ごす夢を抱き続けたまま墓穴に入った。ハクスリーが――熊に似た何者かが――最後に目撃されたのは黄昏《たそがれ》時に東へと、つまりダービーシャーの方角へと向けて歩いていく姿であった。

7 夜の熊

Bears by Night

人の世から追い出されると、熊族はひとつまたひとつと北方に広がる寒い土地を目指した。山に分け入り登りつめ、今度は平地に向かい下りていく。そうして下り、忘れ去られたイギリスの洞窟や地下空洞を満たす暗闇の中にまで下りていき、そこに住みついた。じっと息を潜め、足元に眠りの波が打ち寄せてくるのを待った。やがて、深い眠りが訪れた。

そうして、血液の循環も止まるかと思うほどに弱まり命そのものが危うくなるような、とても深く、とても暗い冬眠の中へと熊たちは滑り落ちていった。そうして押し込められたまま、熊たちは固く冷えた岩の中に、じっと動かず留まり続けた。やがて日々は静寂に包まれ、熊たち自身もその静寂に引きずり込まれていった。そして、静寂は森羅万象《しんらばんしょう》を包み込んでいったのだった。

その後もゆっくりと歴史は進み、熊たちは忘れ去られたまま虚無のゆりかごに揺られていた。だが冬のある日、岩の合間から太古の声が熊たちのもとに入り込んできた。

イギリスの熊たちよ……。

*

古びた巻き上げ機が、がくりと動き出す。錆《さ》びついたワイヤーがぴんと張り詰める。張り詰め、巻かれはじめる。熊たちがゆっくりと井戸の縁《ふち》まで——眠りの縁まで引き戻されていく。何年……何十年……何世紀という月日がその身から剝がれ落ちていった。そして軋《きし》む体の中を弱々しく血液が巡り出し、熊たちは小さく瞬《まばた》きをし……喉を鳴らし……頭をもたげた。そしてゆっくりと体を起こしていった。光に向けて動きはじめた。

洞穴の入り口に熊たちは座り込み、目の前の景色をじっと眺めた。谷を埋め、森を覆い尽くし、目のくらむような雪景色が地平線までひたすら広がっているばかりだった。熊たちは座したままそれを眺めながら、太陽の光を浴びて力が蘇るに任せた。長年にわたり暗闇に囲まれ続けてきたが、気づけば今や光に囲まれていたのだった。

一日目、熊たちは冬の太陽が山の向こうに沈んでしまうまでただ座り込み、待ち続けた。

そしてのっそり立ち上がり、ゆっくりと原野《げんや》に足を踏み出した。すべて合わせてもせいぜい二十頭に満たない熊たちの足跡だけが、ぽつぽつと後に残った。

雪はまる四日にわたって降り続くと、その後吹雪《ふぶき》となって壁や柵を覆い隠し、道という道を飲み込んでいった。すべての家々が心地よき牢獄となり、すべての家族が暖炉を囲み、食料や蠟燭《ろうそく》や燃料の蓄えがどれだけあったかと不安を抱いた。

夜がふけ闇が深まるにつれ、熊たちは足を速めていった。東を目指していた。やがて空がしらじらと明けはじめるまで、押し黙ったままひと晩じゅう歩き続けた。そして原野の高みにある打ち捨てられた小屋の廃墟で休みを取ると、じっと首をうなだれたまま凍てつく風にその身をさらしながら、宵闇が下りるのを待った。それからまた立ち上がり、東へと向かい出したのだった。

次の夜、熊たちの数は二倍以上にも増えていた。とある洞穴のそばを通りかかった際、そこで延々と冬眠していた他の熊たちが合流してきたのである。それから三日のうちに、他の群れもすべて見つかり、音も立てずに合流してきた。膨《ふく》れ上がった熊の大群は谷に突き当たるとそこで曲がり、南へと向きを変えた。

熊たちは古い道を、古い小道や林道を進んでいった。まばゆい星々を故郷への導きとして。あの年老いた声は、ずっと届き続けていた。ずっと響き続けていた。

さあおいで、イギリスの熊たちよ。こちらにおいで。
偉大なる熊《グレート・ベア》が呼びかけた。
四日目の夜、熊たちは丘の中腹に建つ小さな教会を見付けた。どうやら無人のようであるのを確かめると、熊たちは中に入り込んで昼の陽光から逃れた。教会には洞穴と似たところがあったからだろうか。その教会が石造りだったからだろうか。理由はともあれ、翌晩もまた歩き続けると群れはまた他の教会を見付け、信者席の合間に身を横たえて昼をやり過ごしたのだった。
だが三つ目に見付けた教会でのこと、正午あたりに熊たちは、どすどすとひっきりなしに響く物音に叩き起こされた。壁や床を震わせて音は伝わってくる。熊たちは首をもたげてきょろきょろと見回した。教会の外ではアーンショー夫人がポーチの壁を蹴り、長靴に付いた雪を落としているところだった。最後に教会を訪れてからかれこれ一週間になろうとしているが、病気と悪天候さえなければ、二日に一回は来たいと思っているのだ。

かけ金が上がる音が聞こえ、古いオーク材の扉が蝶番《ちょうつがい》の軋《きし》みを響かせた。アーンショー夫人はよろめくようにして中に入ってくると扉を閉め、洗礼台と賛美歌集を収めた本棚の前を過ぎ、中央の通路をゆっくりと進みはじめた。まったくの偶然だが、彼女が選んだ信者席はまったくの空であった。彼女の後列では二頭が、前列では三頭の熊が座席の下に身を隠していた。アーンショー夫人は背中を丸めると膝に両肘をつき、組んだ両手に額《ひたい》を埋めた。そのままほぼ一分間、身じろぎひとつしなかった。ときおりその唇から言葉の囁《ささや》きが漏れたものの瞼《まぶた》はしっかりと閉じられたままで、まるで自らの内で祈りを育み紡《つむ》ぎ出しているかのようだった。

熊たちは、じっと伏せていた。何頭かが、侵入者のほうにちらりと視線を向けた。他の熊たちは、続けて誰か連れの婦人でも現れるのではないかと、ドアのほうを振り向いた。やがてアーンショー夫人は「アーメン」と声を響かせ、背もたれに寄りかかって周囲を見回した。

あたりのにおいを嗅ぎ、「かび臭いわね」と胸の中で言う。そして、もうすこし暖かく

なったらドアをすべて開け放して新鮮な空気を入れよう、と心のメモ帳に書き留めた。夫人は頭上を見上げると、ステンドグラス（イエス・キリストと十二使徒が描かれていた）と天井、そして説教壇を眺めた。どれもこれも彼女にしてみれば、自宅のリビング・ルームのあちらこちらと同じくらい馴染み深いものであった。それから夫人は立ち上がって祭壇に向かい、その右手に置かれたハーモニウムへと歩み寄った。

聖歌隊席では数頭の熊たちが眠っていたが、今は目を覚まし、じっと息を殺して聞き耳を立てていた。アーンショー夫人が朝に両手と顔を洗った石鹸《せっけん》と、朝食のベーコンと、コートに付いた防虫剤の臭いが漂っていた。夫人はハーモニウムの蓋《ふた》を開けて腰かけると、何本かストップ・レバーを引き、両脚でペダルを踏んだ。

人々がハイキングをしたり、サイクリングに出かけたりするように、アーンショー夫人はハーモニウムを弾くのが好きだった。ブーツをはいた彼女の両足が、軋みと空気を送り込む音をたて、やがてすっかり準備が整い夫人が両手を鍵盤に置くと、『たてよ、いざたて』の最初の和音が教会に響き渡った。

あちらこちらに隠れた熊たちの体を、激しい衝撃が貫いた。すぐにでも駆け出し咆哮《ほうこう》をあげてしまいたいような、強烈な衝動が全身を満たしたのだ。だが、熊たちはじっとそれを抑えた。歯を食いしばってうつむき、自分たちに向けられたこの妙な攻撃はいったいな

にかと頭を悩ませた。

それから比較的穏やかな『神のみ恵みは』が、そして美しい旋律の『このわびしき世界の巡礼』が流れた。やがてアーンショー夫人が『われは主にみな捧ぐ』や『過去はすべて置き去り』あたりに差しかかると、何頭かがこれまで味わったことのない不思議な安らぎを覚えはじめた。老女の左手が伸びて低い鍵盤を叩くと、教会全体がことさら強い温もりと慈しみに震えるのだ。

アーンショー夫人はどの賛美歌を唄っても最初の二、三行はしっかりと憶えていたが、四行目か五行目になるとあちらこちらで記憶があやふやになり、また歌詞を知っている部分が来るまではハミングに切り替えながら唄った。

彼女の独唱会が始まっておよそ三十分後、妙なことが起きた。夫人は『ひと日もくれぬ』の二番の途中を唄っているところだった。自分のレパートリーの中でも特に静かな部類に入るこの曲の途中で、ふと背後からなにかため息のようなものが聞こえた気がしたのである。ため息のようだが、どうも人間のものとも思えない。むしろ暖炉の前に寝そべる大型犬の寝息というべきだろうか。彼女は鍵盤から指を上げると、ちらりと背後を振り向いた。それから、今度は逆を振り向いた。夫人は体ごと振り返ると、教会の中をぐるりと見渡した。なんて妙なこと、と彼女は胸の中で言った。そして肩をすくめるとまたペダルを踏んでハーモニウムに空気を送り込み、そうとは知らぬままふたたび熊たちにセレナーデを聴かせはじめたのだった。

やがて、一時間も過ぎたころにようやくアーンショー夫人が教会を出ていってしまうと、暗くなるのを待ってすぐに熊たちも出発した。それから日が過ぎるにつれて雪が溶け、人人がどんどん外に出るようになっていった。そのため熊たちは教会を避け、さらに目立たぬところに身を隠して昼間をやり過ごし、とっぷりと夜がふけるまで出発を待たなくてはならなかった。

*

どの熊もみな、この巡礼がいかなるものなのか分かっていた。意思を交わし合う必要もなければ、人目を引きたい欲求もなかった。だが目的地まであと三日、夜通し歩き通して黒かった南東の空が青に染まりはじめたころのこと、熊の群れは固まって建ついくつもの犬小屋から半マイルもないところを偶然通りかかった。犬小屋の中では何頭もの犬たちがすでに目を覚まし、その日最初の餌《えさ》を待っていた。

熊と犬は瞬時に互いの存在を察知し合った。熊たちが立ち止まり、向きを変え、西に向かって進み出す。だが、手遅れであった。犬たちはもう熊の臭いを嗅ぎ取り、狂ったように柵に飛びかかっていたのだ。飼い主のスティーブンスは、犬たちがそんなにも興奮するのを見たことがなかった。

その朝、彼の脳裏になにがよぎったかなど、知るよしもない。せいぜい狐でも来たのかくらいに思ったのだろうか。それとも、馬に鞍《くら》を着けたところでまっさらの雪原を見て、早朝から乗馬を楽しむ口実が欲しかったのだろうか。理由はともあれ、どうやら犬たちの興奮に彼まで呑まれてしまったのだろう。スティーブンスは妻にひとこともなくふたつの門を開け、犬たちを放してしまったのだった。

追い付けるとは、さらさら思ってもいなかった。まだ彼があぶみに片足もかけないうちに、犬たちはもうずっと先で最初の柵を飛びこえていた。それでも二、三分の間は、ずっと先を駆けていく犬たちの群れをなんとか視界の中に捉えていた。そして四分が経った。もう彼には、雪に残された足跡と遠ざかっていく歓喜の吠え声だけが頼りだった。全速力で飛ばしているというのに、犬たちの声はみるみる遠ざかっていくばかりだった。しかし、その声もほとんど聞こえなくなったかと思ったそのとき、突然彼の耳に吠え声とうなり声、そして甲高い悲鳴が飛び込んできたのだった。馬を止め、震え上がりながら耳をそばだてる。声はさらにしばらく響き渡ると、出し抜けにぱたりとやんだ。

五分後、森の端に差しかかったスティーブンスは、ずたずたに引き裂かれた犬たちを発見した。どれもこれも、もう息をしていなかった。雪の上に犬たちの血と内臓が散らばり湯気をたてていた。それを見たスティーブンスはまず、これは悪魔のしわざに違いないと思った。陽の光のもとにさまよい出た、夜の悪魔のしわざに違いないと。

＊

熊たちは進み続けた。その間にもあの声は、ますます大きく響いてきた。

イギリスの熊たちよ。こちらにおいで。

声は力強く呼びかけてくる。

町や村を避けられるだけ避けながら、熊たちは進み続けた。森や暗がりの中を選び、鼻先で風を追い続けた。しかし、やがて山野からの雪解け水で怒濤《どとう》のようになった川が目の前に現れた。熊たちはしかたなくしばらく川沿いを歩き続けたが、そのうち前方に橋と、そのたもとに作られた小さな村が見えてきた。

熊たちには分からなかったが、この村は完全に二分されていた。はっきりと分断されていたのである。川の水位は六フィートも上がり、さらに増水を続けていた。その橋はかれこれ三世紀もの長きにわたりかかっていたが、地元警察は――といってもハーキンス巡査ただひとりなのだが――もし五マイル上流の岸辺で倒木があったりすれば、それが激流に乗って下ってきて橋脚《きょうきゃく》に衝突するのではないかと懸念していた。木の重みに激流の力が加わり、そのうえすでに橋脚に押し寄せてきている瓦礫《がれき》の重みまで加わったならば、橋はまずひとたまりもあるまい。

そこで、熊たちが到着する前日、人々の安全を確保すべく橋は封鎖されていたのだった。これによりバンやタンク・ローリーが二十マイルの迂回を強いられることになったばかりか、うっかり対岸に取り残されてしまった人々は事実上帰る家を失い、親切な友人たちの家に駆け込まざるをえなくなっていたのである。

最初の何時間かは人々が野次馬根性で橋のたもとに繰り出し、川の轟《とどろ》きに負けじと両岸から互いに叫び合っていた。するとそこである男が両手で口元を囲うと、パンが底をつきかけていると叫んだ。店はほとんどが北岸に揃っていたため、そちら側の村人がひとり道を駆けていくとブルーマー・ブレッドを買ってきて、しっかりと狙いを定めて先ほどの男めがけて放り投げた。だが宙を舞ったパンは、男が伸ばした両手まであと六フィートというところで風にさらわれ、猛り狂う川へと落ちていってしまったのだった。両岸の村人たちが柵から身を乗り出して見守る中、パンは岩にぶつかりあぶくに揉まれ、やがてついに水没するとそれっきり二度と浮かび上がってはこなかった。

すこし経ってから、ある村人が名案を思いついた。橋に二本のロープを渡してその両端を結び合わせ、大きな輪をひとつ作ろうというのだ。そこに古い荷箱を取り付けてロープを引き、レッドクロス・パーセル（第一次および第二次世界戦中、赤十字国際委員会が捕虜たちに送った小包。食料品、煙草、医薬品などが入っていた）よろしく、対岸の住人たちが必要としているものを送り合うわけである。ハーキンス巡査が目を光らせる中、村人たちはこの方法で配達を二度成し遂げた。巡査はやめさせるため必死に知恵を絞ったが、どうしても説得力のある理由を見付けることができなかった。

だが三度目の配達中、橋の中央を通過し南岸へのゆるい下りを通過していた木箱が氷の畝《うね》にぶつかり、ひっくり返ってしまった。牛乳瓶やパンが、小さな郵便物の束と一緒に転がり出る。

全員の視線が郵便配達のエリック・ウェイリーに集まった。彼は手紙の束を渡すのを最後まで拒んだのだが、人々からの強い圧力に根負けし、しぶしぶ差し出したのだった。ウェイリーの顔は、どんどん紅潮していった。今にもわっと泣き崩れてしまいそうであった。

ともあれ、手紙の束はゴムひもでしっかり留められた上に二パイントの牛乳瓶の下敷きとなっており、差し迫った危険に晒《さら》されているわけではなかった。とはいえ、ウェイリーの郵便袋にしまわれているわけでも、受取人の玄関マットに置かれているわけでもない。

そんなところに宙ぶらりんのまま放り出しておけば仕事を失ってしまうことになるのではないかと、エリック・ウェイリーは不安でたまらないのだった。

そのとき、ついにハーキンス巡査がやってくると、もう誰もロープに触れてはいけないし、荷箱を引き上げようとしてもいけないと命令した。そして間もなく川岸に、いかなる理由があろうとも橋を渡ることまかりならぬと警告を貼り付け、対岸の人々にも同様にするよう申し渡した。

しばらくすると人々は川岸を離れていき、日没のころには残った村人たちも三々五々、各々家へと引き上げていった。そのさらに二十分後、立ち去りかけたハーキンス巡査の腕をエリック・ウェイリーが摑《つか》んだ。

「どこに行こうってんです?」エリックが訊ねた。

「どこだと思うんだね?」ハーキンス巡査が答えた。

「見張りも付けずに橋を放り出すわけにゃいかんでしょう」エリックが言った。

ハーキンス巡査は、そんなことはないと言い返した。どこかの愚か者が人目を忍んで橋を渡るかもしれないからといって、身を嚙《か》むような寒さの中を徹夜で過ごす気はないし、もしそんなことが起こったとしてもそれは自己責任であり、自分とはまったく無関係だというのである。

巡査は、なだめるように郵便配達の肩に手をかけた。まるで、誰かを逮捕するときにも似たような態度であった。

「いいかね、エリック。あの手紙なら、朝になっても無くなっちゃいないよ」巡査はそう言うと、にっこりと笑ってみせた。「それに、朝に水位が下がってりゃあ、橋を開放することだってできるとも」

だが郵便配達の気持ちは、ちっとも軽くならなかった。郵便袋の中にあの束を取り戻さない限り、軽くなどなりようがないのである。きっと今夜はさっぱり眠れないだろうと彼は思い、ハーキンス巡査にもそう告げた。だが、ハーキンスを引き止めることはどうしてもできなかった。そこでエリックは自分も帰宅してティー・フラスコに紅茶を作ると、毛布を二枚とキッチンの椅子を持ち出し、また橋へと戻った。

最初の二時間、エリックは椅子に腰かけ、体をくるんだ毛布の中からじっと見張り続けた。ときおり足に血を巡らすために立ち上がって手紙が吹き飛ばされていないかを確かめる以外は、延々とそうしていた。だが真夜中を過ぎたころ、なんだか頭がぼんやりし、呼吸もゆっくりになってきた。妙に思いながらもエリックは、意識がぼんやりとすればするほど体が温まってくるのを感じた。まるで、酔いしれるような温もりを眠りが運んできたかのようだった。だが彼の心は小さな手紙の束にがっしりと釘付けになっていた。どれほど猛烈に睡眠を求め睡魔に屈しかけようとも最後の一線だけは断じて譲らず、知らず知らずばっと起き上がって毛布で体をくるみ直すのだった。そうして目を覚ますたび、エリックはぎょっとしてきょろきょろと周囲を見回した。そして一分もすると、またうつらうつらと微睡《まどろ》み出すのである。

　時をちがえ最低でも六回は、自分のいるほうに向け、人目を忍んで橋を渡ろうとする人影を見た。人影が荷箱の横で足を止め、封筒に手を伸ばすのを見た。そのつどエリックは心臓をばくばくさせながらはっとして目を覚ましたが、見回してみても橋には人っ子ひとりおらず、冷えた夜の空気がまた猛

烈に襲いかかってくるのだった。

　何度も何度もしつこくそんな幻影に悩まされるものだから、エリックは徐々に、ハーキンス巡査の命令を無視してそろりそろりと橋に踏み込んでやろうかという気になってきた。橋が崩壊して溺《おぼ》れる危険を冒すだけの価値があるような気がしてきた。そうすれば手紙を取り戻して家に帰り、耳までシーツにくるまって眠れるではないか。

　どうするべきかしばらく必死に頭を悩ませた末に毛布を横にかなぐり捨てると、四つん這《ば》いで橋の上に忍び出して手紙の束に手を伸ばした――それを拾い上げ、上着の中にしまい込み――そこでまたはっと目を覚ましたのだった。

　ありがたいことに、それから間もなく意識が朦朧《もうろう》としてきた。どこか不思議な、夢も浮かばぬ虚空に、形を持たない己の魂が世界と溶け合い浮かんでいるのをエリックは感じた。幸福も恐怖もない。存在があるだけだ。すると、周囲に動きがあるのに彼は気がついた。まるでどこかに運んでいこうとするかのように、動物の温もりのような波が左右からゆるやかに自分を洗い流していくのである。そうしてまったき平穏の中に身を委《ゆだ》ねていると、何者のものとも知れぬ声が自分の奥底から淡々と語りかけてきた。お前は今消滅しかけており、すぐに目を覚まさなければ心臓は動くのをやめ、血液は冷え切り、それで一巻の終わりになるのだと。

エリックは、うつつに待ち受けるひどい苦痛を思うと、意識を取り戻すだけの気力が自分にあるのかどうか考え続けていた。そしてどちらにすべきか心を決めかねているうちに、どこか遙か彼方から牛乳瓶がぶつかり合う音が聞こえたのだった。とつぜん意思の力が舞い戻り、彼は自分を橋と毛布のもとへと引き戻すと、無理やり瞼《まぶた》をこじ開けた。

その途端、川の向こうになにか動くものが見えた気がした。目を凝《こ》らしてみる。何者かが影の中に消えていくのが見えたように思った。心臓はまた、早鐘のように打っていた。ふと視線を上げたエリックは、橋の中ほどでひっくり返っていた荷箱がちゃんと上を向いているのに気がついた。どういうわけか、ひとりでにちゃんと起き上がっているのである。

郵便配達は、もしやこれもまた夢か幻覚の類《たぐい》かもしれないと首をひねった。だが立ち上がりぎわに感じたひどい不快感が、そうではないと告げていた。闇に目を凝らしてみたが、動くものはなにひとつなかった。かがみ込み、ロープを引きはじめる。荷箱がまたひっくり返ったりしないよう、じわりじわりと引き続けた。すると、まだだいぶ距離があるというのに、荷箱の中身が実にきちんと整理されているのが見えてきた。手紙の束は空の牛乳瓶で挟むようにしてしまわれており、パンはひとつも見当たらなかった。

その夜エリックはベッドに寝転がりながらこの一件について考えを巡らせ、いずれにせよハーキンス巡査は納得しないだろうが、ふたつの可能性を考え出した。罪悪感に駆られた村人の誰かがこっそりやってきて箱を直したのか、それともエリック自身が朦朧としたまま自ら足を運び箱を直したのかだ。パンと牛乳が消えているのは、また別の謎であった。念のために言っておくが、熊たちのしわざである可能性は、ちらりとも彼の頭に浮かばなかった。

8

偉大なる熊《グレート・ベア》

The Great Bear

舟を埋めたのは誰だろう？　この謎は解かなくてはいけないと少年たちは思った。ひとたび頭に浮かぶなり、この謎はどんどん頭を離れなくなっていき、ずっしりとそこに鎮座した。ちょうど地中に鎮座する一艘《そう》の舟と同じように。舟を発見したのが海面よりずっと高いところにある丘であるという事実が、さらに少年たちを当惑させていた。

人々はあれこれと自分の意見を述べたが、少年たちにとって納得できる説明はただひとつ、聖書に描かれているような大洪水が遙か昔に起こって丘の頂《いただき》が小島に変わり、その岸辺に舟が漂着したのではないかという仮説のみだった。いや、さらに言うならノアの方舟よろしく、そこで造られたのかもしれない。

すでにとっぷりと夜はふけあたりには濃い霧が立ち込めており、少年たちはせめてわずかでも貴重な温もりを得ようと、両腕で膝を抱え込んで丘に座り込んでいた。さらに三、四時間もすれば、きっとうっすらと明るくなりはじめるだろう。まともな埋蔵船の盗賊であれば、まず日が昇ってから盗人稼業に勤《いそ》しんだりはしないものだ。

　片方の少年は懐中電灯を持っていたが、もうひとりに言われるままそれを点け、なにか分かるのではないかと願いながらあたりに向けた。だが頼りないその光に照らされると霧はなおさら濃く立ち込めて見え、少年はすぐにまた懐中電灯を消したのだった。そしてふたりはそれぞれ、なんて寒くて心許ないのだろうと思いながら、じっと押し黙った

まま座っていた。ふたりとも胸の中では、相手がもうやめようと言い出してくれないものかと祈っていた。そうすれば見張りを放り出し、家に帰ってベッドに潜り込んでしまえるのに。

自分たちが座っている丘は、ふたりにとってなじみ深い、知り尽くした場所だった。平野を見渡そうとつい一週間かそこら前にここに登ってきたときも、地形が以前と変わっているのがひと目で分かったほどだった。まるで地中深くでちょっとした地盤沈下でもあったかのように、頂上の縁《ふち》あたりがすこしだけ沈み込んでいたのである。そのうえふたりが四つん這《ば》いになってみると、地表一面に無数の亀裂や溝が走っているのだった。

それから一時間のうちに少年たちは近所の納屋でツルハシを一本探し出すと、こっそりそれを持ち出し、ふらつきながらまた丘を登った。忌々しいツルハシはまるで錨《いかり》のように重かった。あまりの重さに少年たちはかわりばんこに先端部を抱えながら、ふたりがかりで運ばなくてはならなかった。

どちらの少年も、自分たちがなにを探そうとしているのかさっぱり分からなかったが、それでもふたりはたっぷり三十分もひたむきに掘り続け、砂岩や白亜や小石の山を築きながら深さ二フィートの穴を掘り上げた。そのあたりからツルハシがやたらと扱いづらくなってくると、ふたりは強い疲労感と大怪我をするかもしれない恐怖心から、作業を放り出

してしまったのだった。

　少年たちは汗でびしょびしょのシャツのまま、肩で息をしながら丘に座り込んだ。ふたりは掘り返した土の山を眺めて話していたが、片方の少年がその土の山をほじくり返しながら、ふと土や石に紛《まぎ》れて小さな顔が自分を見上げているのに気がついた。大して気にも留めなかった。

　奇妙な雰囲気の、無表情な顔だった。少年はそれをつまみ上げると、表面に付いた土を払い落とした。なめらかな古い石の表面に、まるでずっとそこにある引っかき傷のような一本線で、口と、閉じた両目が付いていた。

　少年たちは、いったいこの石はなんなのかと、しばらく首をひねった。眺めているだけで不安な気持ちになってくる。秘密にしておくべきだと思った。土の中に戻して忘れてしまおうと思った。だが、埋め戻したところで考えずにいられないのは、ふたりとも分かり切っていた。そこでふたりはそれを丘から持ち帰って両親に見せると、すぐにその決断を後悔した。

三十分後ふたりは、今度はそれぞれの父親と一緒にまた丘を登るはめになった。これで三度目である。父親たちはシャベルを手に、我先にと土を掘り返していった。そして三十分後、息子たちの穴より四倍も深い穴を掘り上げたところで、シャベルの先がなにか固く、かなりの大きさがある物体にぶつかったのだった。

そこからは、事態はみるみる展開していった。穴を掘りに来る大人たちが、どんどん増えていったからである。地元図書館付きの歴史家、アレック・ヘイドンはこれを聞き付けると、太古の墓陵《ぼりよう》である見込みが非常に高い丘だというのに冒瀆《ぼうとく》するなどけしからんとばかりに立ち上がり、急いで丘の上に駆け付け、すみやかに一帯を立ち入り禁止にした。そして翌日、地元の考古学会から何人か知り合いの手を借りると、自らの手で新発見を掘り上げた。

「あばら骨だ」ヘイドンは、丘の下にぱらぱらと集まった小さな人だかりに向けて言った。そして、まったく同じ表現を用いてオックスフォード大学の教授宛に手紙をしたためたところ、教授はまさしく文字どおり車に飛び乗り、大急ぎでA四二〇号線を飛ばして駆け付けてきたのだった。

「まさしく。こいつは疑いようがない。あばら骨だ」教授は到着するとすぐ、アレック・ヘイドンにそう声をかけた。そして一帯の発掘調査を正式に指示してからそのまま自宅へと戻り、調査がどれだけ長引いてもいいよう着替えとパイプ煙草を大量に用意した。

村には、平野を見下ろすあの奇妙な丘からあばら骨が出たという噂が駆け巡った。食肉店では客たちが、あばら骨といってもいったいなんのあばら骨なのかと首をひねった。人間のあばら骨だろうか？　それとももしかして、マンモスのだろうか？

「あばら骨といっても、人や動物のものじゃありません」アレック・ヘイドンは人々に説明した。「舟のあばら骨ですよ」

教授は、特製のスクレイパーやブラシ、それにふるいを手にしたダッフル・コート姿の助手たちを引き連れて戻ってきた。地元の住人たちはずっと遠くに張られたロープ際に群がり、鬱憤《うっぷん》をつのらせていた。特にふたりの少年たちはひどく苛立ち、父親たちやアレック・ヘイドンも一緒に足止めされていなければ、暴れ出しそうなほどであった。

だが翌日になってその冬初めての雪が降ると、すべての発掘調査がとつぜん休止されてしまった。教授は、大した不安も抱いていない様子だった。本を一冊とパイプ、それからポーター（一説では荷役労働者〈ポーター〉に愛されたことからこう呼ばれる、軽めの黒ビール）のグラスを手に〈馬車と馬亭〉の暖炉の前に腰かけ、天候の回復を辛抱強く待ち続けたのである。

「失礼なことは言いたくないんですがね」バーテンダーのジェフリー・ベインズが教授に声をかけた。「誰かが来て、埋まってるもんを盗んじまうんじゃないかとか、心配なさらないのかね？」

教授は微笑むと、ポーターをまたひと口すすった。「なに、あそこからものを盗むとしたら、盗賊団をぞろぞろ連れてこない限りはとても無理さ。鉄のように地面が固いもんだからね」

この発言は、まるで偉大なる予言者が言い渡しでもしたかのように、ものすごい速さで駆け巡った。少年たちはこれを聞くと、たちまち元気付けられた。しかし雪がやんで溶けはじめると、また地中に埋まった自分たちの舟が心配でたまらなくなってきた。太古の舟がそこに埋まっているなどと村の外にまで知れ渡ったりしたら、誰かが盗もうと計画を立てるに決まっている。そうなれば、いくら防水布をかぶせてどんなに重い岩で押さえ付けようとも、隠すことなどとてもできはしない。そう考えてふたりは自分たちの手でなんとかしようと思いたち、夜更けに自分の部屋の窓から抜け出すと、丘とそこに眠る舟を見張るために登ってきたのだった。

ひと晩目は、ちょっとした冒険気分だった。ときに雲間から顔を出した月が冷えた光で平野を照らすと、まるで異世界の姿がそこにさらけ出されたかに見えた。陽光に照らされた世界とはおよそ似ても似つかない、奇妙で危険な世界である。だがふた晩目にふたりが座っていると、周囲に霧が立ち込めてきた。そしてものの一時間後にはひどい寒さと疲労感に襲われ、夜中に外に出ていることへの新鮮さも急激に薄らいでいった。前の晩には魔法のように思えた景色がとてつもなく恐ろしいものに見えると、少年たちは、立ち込めた霧の中にありとあらゆる恐ろしい、自分たちには予想もつかないものたちが潜んでいるような気持ちになってきてしまったのだった。

そうして言葉も口にしないまま何時間も過ぎたかと思われたころ、片方の少年がふと霧の中に目を凝《こ》らした。じっと耳をそばだてながら、なにか物体を――目に見えるなにかを見つけた。そして、ゆっくりと指差した。もうひとりの少年はそちらに目を向けると、首を横に振った。だが、最初の少年は聞き耳をたて続けると、前方をさす指を右にすこしだけ動かした。よくは見えなくとも、もうふたりとも感じていた。なにかが動く気配がある。霧の中でなにかが動いているのだ。

ふたりは耳をそばだてたまま、ゆっくりと立ち上がった。そして正体こそ分からないものの、たくさんのものの動きを、そして息遣いを感じ取っていた。自分たちのほうに向かってきている。

腰をかがめると、前を向いたままあたりに目を配りつつ後ずさりし、じりじりと丘を下りはじめた。そして麓《ふもと》までたどり着くとくるりと向きを変え、どうかこちらがあの音と反対側でありますようにと祈りながら、霧の中に駆け出していった。ふたりは背中を丸め、両手で地面をかきむしるようにして、よろめきながら走った。どの方角に向かっておりどこにたどり着こうとしているかも分からなかったが、いきなり切り立った崖が目の前に現れたのを見て、ひとりの少年が慌ててもう片方を掴《つか》んで引き止めた。足音を殺しながらその縁に沿って歩きつつ、丘から遠ざかる他の道を探す。そうして回り道をしていると、霧の中にいくつもの影が見えた。百、いや、それ以上あるだろうか。大きな影がいくつものしのしと歩いているのだ。少年たちは凍りついた。影の行列はどんどん続いている。やがて、行列がすっかり通り過ぎてしまったように思うと、ふたりはまた立ち上がって一目散に駆け出した。

そのまま家に帰ってしまうこともできるはずだった。ベッドに潜り込みさえすれば、ふたりが抜け出していたことを誰にも気づかれずに済むだろう。だがふたりは言葉も交わすことなく急いで〈馬車と馬亭〉に駆け付け、正面の扉を必死に叩いたのだった。

扉に拳を叩き付けた瞬間、異変が起きた。少年たちが泣き出したのだ。息もできないほどに嗚咽《おえつ》が込み上げ、すぐに涙がこぼれ出してきたのだ。まるで扉を叩く音や行為そのものが魔法を打ち破り、涙を氾濫《はんらん》させたかのようだった。するとたちまち、あらゆる感情がほとばしり出た。

ぐっすり眠っていたジェフリー・ベインズは数分ほどしてそれに気づき、ナイト・ガウンを羽織って一階に下りていった。そのころには通りに建つ家々の半分では人々が起き出し、いったいなにごとかと窓の外を窺《うかが》っていた。半分寝ぼけながらベインズが玄関を開けると、戸口には泣きじゃくる少年たちが立っていた。だが、片方の少年が「あの人を呼んできて！」と叫ぶのを聞くとすぐさま誰のことを言っているのか察し、急いで客人の部屋に向かったのだった。

寝間着姿の教授が酒場まで連れ出されてくると、少年たちは自分たちが目にしたものを口に出して言えるくらいに気持ちが落ち着いた。

「盗賊団だ……！」もうひとりの少年が叫ぶ。「舟を盗みに来たんだ！」

もう霧はすっかり晴れ、空にはまた星々が瞬《またた》いていた。熊たちは頂上あたりの土をすべて掻《か》き出し、麓の地面に払い落としていた。

土は掘れば掘るほど黒々と色を変えていき、やがて曲線を描く舟がその全身を現した。舳先《へさき》から船尾まで四十フィート、船べりは高さ八フィートある。

イギリスの熊たちよ。急ぎなさい。

グレート・ベアが、熊たちに呼びかけた。

少年たちが〈馬車と馬亭〉の扉を叩く騒ぎで目覚めなかった者たちも、通りを騒がしく人々が行き来する物音に飛び起きた。

「墓泥棒が丘にいるぞ！」人々は口々にそう叫び、手近な武器と、なにか道を照らすものを持ってくるよう男たちに呼びかけていた。

村人たちは一箇所に集まると、しばらく時間をかけて勇気を奮い立たせた。そして徒党を組み、足音も荒く丘を登っていった。そうして駆け上がっているとさらに勇気が湧き起こってくるように感じ、丘の頂にどんな敵が待ち受けていようとも必ずや打ち倒してみせるのだという気になってきた。そうして村の名誉と地中に埋まる我らが舟を守ってみせるのだと。

だがようやく丘の頂に駆け上ってみれば、そこはもう同じ丘とは思えぬほどに変わり果てていたのだった。墓陵を形作っていた地面は掘られて周囲に投げ捨てられ、まるで音もなく爆弾が落ちてすべて吹き飛ばし、空っぽの穴だけを残していったかのようであった。

茫然自失して立ち尽くす村人をよそに、熊たちは太古の舟を担ぎ上げて注意深く丘の反対側を下りていくところだった。土にまみれた舟が、闇の中をゆっくりと運ばれていく。

何頭かが先導に立ち、何頭かがしんがりに付いて背後を警戒していた。足並みはゆっくりだったがやがて沼地にたどり着くと、熊たちは手近な水路へと向かった。そして凍てつく水面にゆっくりと舟を下ろし、自分たちもそれに寄り添うようにして水に入ったのだった。

舟底に肩を押し込むようにして舟を押す。水路や排水溝をいくつも抜けていくと、やがて水がずっと深くなった。熊たちは舟に乗り込んで平野を進み、やがてそこを抜けて入江に出た。

闘熊《とうゆう》場や犬たち、そして騒ぎ立てる子供たちの記憶は、ゆっくりと置き去りになっていった。自分たちを狩り立てたイギリス人たちや、ほんの刹那《せつな》自分たちを崇拝したイギリス人たちの記憶も。そしてロンドンの下水道や、綱渡りや、死者の罪と引き替えに手に入れたパンやビールの記憶も。熊たちはオールを漕ぎ続けた。かつて何頭かの同胞たちが自由を求め、テムズ川を下ったときのように。

岬《みさき》を過ぎると、背後でゆっくりと朝日が顔を出しはじめた。熊たちはオールを持つ手を休めることなく、大海原へと進み続けた。やがてイギリスがどんどん遠ざかり、視界から消えはじめた。何頭かが後ろを振り返り、冷たく残酷なイギリスに最後の一瞥《いちべつ》をくれた。そしてまた前を向き、熊たちは漕ぎ続けたのだった。

訳者あとがき

本当に変な本だ。最初に読んだとき、そう思った。短編集のようでいて、短編集ではない気がする。かといって中編小説《ノヴェラ》というほど各章に強いつながりがあるかどうかも微妙。一章ずつ個別の短編として読んでも間違いなく面白いが、そのバラバラの玉を一本の糸でつなげてみると、また違った味わいが押し寄せてくる。短編集ともノヴェラとも呼べるが、どちらとも呼ぶのがはばかられるような、とても不思議な本だと感じる。

そのあたりからして、実にミック・ジャクソン的だと思う。誰も歩かないような細道をじっくり進んでいくような、独特の読み応えを感じずにはいられない。

いつもなら僕の書くあとがきのほとんどは「ネタバレを含むのでまずは本編からどうぞ」で始まるのだが、本書に限っては、どうか少しだけ先に読んでいただきたい気持ちがある。というのは、まずはイギリスにおける熊史をそれなりに把握しておくと、本書をいっそう楽しんでいただけるのではないかと思うからだ。

本書の原題は *Bears of England*（イギリスの熊）だが、『こうしてイギリスから熊がいなくなりました』の邦題のとおり、現在イギリスには野生の熊が存在しない。それは、熊が娯楽の対象としても食料や毛皮の原材料としても優秀だったために乱獲されてしまったことが大きな原因のようだ。まずは、このあたりの背景をざっと解説させていただきたい。

イギリス人が狩猟によってブリテン島より駆逐《くちく》してしまった、もしくはそれに近い形にまで追い込んでしまった動物は多い。十一世紀に熊が絶滅すると、それに続いて十三世紀にイノシシも絶滅。同じころにイングランド王エドワード一世が狼の根絶を命じる〈狼根絶令〉を発令しているのだが、狼はどうやらこの時点での絶滅はまぬがれている。すると今度は牡鹿がターゲットとして人気となり、立派な角をトロフィー代わりに乱獲されたのだが、どうやら繁殖力がものすごいらしく、絶滅には至らなかった。しかし個体数が激減してしまったため「これはいけない」ということになり、トレンドはキツネ狩りへと移る。人気の理由は「冬眠しないのでどのシーズンを通しても非常に射止めるのが難しいから」ということらしい。要するに、ハンターの技量が大きく問われる獲物だったことが、人気の理由だったようだ。そんな理由でハンターたちが腕を競って狩りまくった結果、案の定、今度はキツネも絶滅しかけてしまい、慌ててヨーロッパ各国よりキツネを輸入してまで狩りを続けている。

しかしキツネまでもが減ってくると、なんとイギリスは「木が生えない」という大問題に直面する。天敵がいなくなったせいでウサギがものすごく増えてしまい、草木を食い荒らしたためだ。これが十九世紀のことで、この時代にウサギ人気がみるみる高まり『ピーターラビット』や『不思議の国のアリス』が誕生しているらしい。結果的に大型の危険な動物はほとんどいなくなってしまい、「現在イギリスでもっとも危険な動物は出産期の雌牛」と言われるほど、のどかになってしまった。スポーツとしての狩猟を虐待と考えれば、イギリスの歴史と文化は、動物の虐待とは切っても切り離せないのである。

さて話を熊に戻すが、熊は獰猛《どうもう》で危険な動物であるにもかかわらず、なぜか人間界では広く愛され続けている。名前は伏せるが、あの黄色い熊のキャラクターの人気は不動のものだし、第二十六代米国大統領の名を冠した熊のぬいぐるみは人類が存続する限り永久に子供たちの部屋に飾られ続けることだろう。熊を主人公とする世界の児童文学となると、枚挙《まいきょ》にいとまがない。日本国内を見ても、熊をモチーフとしたゆるキャラは数えるのも面倒なほどたくさんいるし、田舎にいけばだいたい床《とこ》の間には、鮭《さけ》をくわえた木彫りの熊が飾られているものだ。

熊が登場する物語の起源をたどっていくと、なんと旧約聖書『列王記』にまで遡《さかのぼ》る。イスラエル王国の預言者エリシャが子供たちにハゲ頭をからかわれたせいでかんかんに腹を立て、二頭の熊を操り四十二人の子供たちを八つ裂きにする様子が描かれているのだ。『列王記』が書かれたのが紀元前五百六十年から五百四十年ごろと言われているので、この逸話だけを見ても、熊は「知性と暴力の象徴」として紀元前から人々に受け止められてきたことが分かる。イギリス発祥の有名な童話『三匹のくま』でも、熊はおかゆを食べて（要するに火を使い）文化的な生活を送りつつも、迷い込んできたゴルディロックスが逃げ出すほど恐れられている。ちなみに、旧約聖書にまで遡るということは、それ以前にも口頭伝承などにより熊の物語が多く語られていたに違いないということだ。

なぜ、熊はこんなにも人に畏怖《いふ》を抱かせ、心を摑《つか》んで離さないのだろうか？　そこにはやはり、二本足で立つあの姿からにじみ出る人間臭さがあるように思えてならない。たとえば「熊」というキーワードでインターネット上の熊画像を検索してみると、なんだか「もしかしたら我々は分かり合えるのではないか」と勘違いしてしまいそうになるような、そんな知性を熊の立ち姿に感じてしまうのだ。

しかし、先述したとおり、イギリスの熊を絶滅にいたらしめたのは、当のイギリス人なのである。イギリスにおいて熊愛好が語られる上ではしばしば「お前が言うな」と揶揄《やゆ》されてしまうわけだが、これは無理のない話だろう。

古くからイギリス人は、罪人たちの処刑をエンターテイメントとして見世物にしたりと、かなり残酷かつ悪趣味な傾向を持つ人々だった。それがやがて、ブラッド・スポーツと呼ばれる見世物を開くようになり、動物虐待をショー化してしまう。本編でもモチーフとなっている〈熊いじめ〉の他にも、〈ガチョウ引き〉〈鶏《にわとり》投《な》げ〉〈狐潰し〉〈鼠《ねずみ》殺《ごろ》し〉などなど、字面だけでも目を覆いたくなるようなものがずらりと並ぶ。

　ちなみにイギリスにおける〈熊いじめ〉は、どうやらイタリア、ローマから伝わったようだ。文献で残っている限り、イングランド中央部のレスターシャーで一一八三年に行われたものが最初らしい。当時はもうイギリスの熊は絶滅していたので、これが見られることで人気となり、イギリス人は熊を輸入して闘わせた。そしてエリザベス一世のころには王室がスポンサーとなって開催するにいたり、大人気の見世物へと発展。十七世紀にはなんと国技にまでなっている。だがその後、一六六五年にイギリスが大疫病《だいえきびょう》に襲われると、「人が集まると伝染が拡大するから」という理由で、こうしたイベントの中止が相次ぎ、だんだんと下火になっていく。それと同時に熊の輸入にかかる費用が高騰《こうとう》。これは、ヨーロッパ全土において動物の数がいちじるしく減少してしまったからのようだ。そして十八世紀に突入すると、ブラッド・スポーツは批判の対象へと変わり、ついに一八三五年に禁止され、およそ七世紀にもわたる歴史にようやく終止符が打たれることになったのである。

　そのようなわけなので、イギリス人が愛らしい熊のキャラクターを作って熊愛を表現したりしても、「なにを今さら……」という気持ちになるわけだが、なぜか熊や動物たちの虐待を大きなテーマとした書籍は非常に少なく、フィクションともなると、ほぼ見つからないと言っても過言ではない。『ピーターラビット』ではピーターの父親がパイに、甥が毛皮にされかけているが、目立ったところではそのくらいのもので、これも厳密には虐待とはいえない。トマス・ハーディの『テス』では、男性が猟銃をわきに置いて昼寝をしている間に鳥たちがさえずるシーンがあり、これはスポーツとしての狩猟を批判するために書かれた場面であると見る解釈もあるようだが、それにしても非常に控えめなものである。

そう考えた場合、さんざん「変だ」「奇人だ」と書いてきたものの、ミック・ジャクソンはものすごくまともなのだ。少なくとも、自分たちの手で絶滅させた動物を、まるでそんな歴史など無かったかのように愛らしく偶像化して可愛がるだけの人々とは、比較にならないほどまともである。おそらく、そのまともさが彼に本書を書かせたのではないかと、確信に近いものを感じてならない。この本はおそらく、あまりにも悲しいイギリスの熊たち(Bears of England)に対する、ミック・ジャクソンなりの追悼や贖罪《しょくざい》の物語、叙事詩《じょじし》なのではないだろうか。このように、どれほど奇妙でどれほど変でも、決して奇をてらったわけではない深みを確実に感じさせるのが、ミック・ジャクソンの持つ重みや迫力になっていると言い切ってしまいたい。また、シン・イーターや当時のロンドンの下水作業員といった下級労働者と熊との間に、迫害対象としての親和性が見出されているのも、本書の面白いところだろう。

そして、前に翻訳した『10の奇妙な話』に引き続き、本書で彼が見せてくれる空想世界もまた、美しく、豊かで、ユーモラスで、寂しく、本当に魅力的だ。冒頭の「精霊熊」からしてがつんとやられてしまったのだが、まるでシャーロック・ホームズ・シリーズばりにロンドンの空気を感じさせる「下水熊」や、水の底の冷たさや寂しさ、潜水士の孤独まで感じさせる「市民熊」などは、思わずその静かな迫力に呑まれてしまう。どのページを読んでも鮮やかに情景が浮かぶ非常にピクチャレスクな作風は、ミック・ジャクソンの大きな魅力と言っていいだろう。その情景を見事なイラストレーションにしているのは、これまた『10の奇妙な話』と同じく、デイヴィッド・ロバーツによるもの。今回も、どれをとっても素晴らしいので、本編とともにご堪能いただきたい。

最後になったが、今回もとても楽しく仕事をさせてくださった東京創元社と、編集者の佐々木日向子さん、毛見駿介さんに格段の感謝を捧げたい。ありがとうございました。

田内志文

解説

西島伝法

熊みたいな人、と誰かについて聞いたときに、どんな姿を想像するだろうか。髭や恰幅の良さ、優しさや愛嬌《あいきょう》などを思い浮かべはしても、爪の一撃で人を殺傷するような存在であることはなさそうだ。熊が好き、という人も、囲いの中に一緒に入って、撫でたり抱きしめたりしたいわけではないと思う。もしかしたら好きなのは、絵本やぬいぐるみなどの抽象化されたキャラクターの方かもしれない。いったい世界じゅうには、どれだけの熊のキャラクターが存在するのだろう。とりわけイギリスには、エリザベス女王と動画で共演した熊など、誰の頭にもすっと浮かぶ有名な熊が多くいる。けれど、訳者あとがきで田内志文さんが詳しく述べられている通り、イギリスの野生の熊は十一世紀に絶滅している。かつて確かに存在した熊たちは、いまやたくさんのキャラクターに置き換わっている。熊、という言葉を聞くだけですっと目に浮かぶくらいに。

人類は広大無辺の宇宙に友を求め、様々な方法で探査する一方で、フィクション上で数え切れぬほどの宇宙人を創造してきた。それと同じように、地球上の友を求めて、虚構の熊を創造し続けている気がする。熊にはなにか、ひとの想像力を妙に刺激するところがあるらしく、奇想やSFなどの小説でも傑作が多い。火を起こすことを覚えて冬眠しなくなった熊を描くテリー・ビッスンの「熊が火を発見する」や、工業都市を内包する熊の出てくるブルース・スターリングの「ボヘミアの岸辺」など、熊から奇想が広がる作品を集めた熊アンソロジーを夢想したことがあるくらいにわたしも熊に惹かれてきたので、『こうしてイギリスから熊がいなくなりました』の単行本が刊行されたときには嬉々として読み、熊に強く抱きしめられるような読み心地を味わった。

一読して驚かされたのは、著者と挿絵画家が異なることだった。挿絵のある本の多くは異なるものなので、あたりまえだと思うかもしれない。けれど本書には、著者自身が挿絵を描く本に特有の親和性、文と絵の分かちがたさを強く感じたのだ。例えば、『ムーミン』シリーズのトーベ・ヤンソン、『ドリトル先生』シリーズのヒュー・ロフティング、『ゴーメンガースト』シリーズのマーヴィン・ピーク、『アイアマンガー』三部作のエドワード・ケアリー、『うろんな客』などで知られるエドワード・ゴーリーのような。

ミック・ジャクソンの前作『10の奇妙な話』（こちらも素晴らしい奇想短篇揃いである）に続いて、本書の挿絵を手掛けているのはデイヴィッド・ロバーツだ。『モンタギューおじさんの怖い話』の挿絵で知っている方もいるかもしれない。味のある筆致で細密に描かれた、かわいさや恐ろしさや寂しさが綯《な》い交ぜになったような独特の絵は、インタビュー(https://picturebooksblogger.wordpress.com/2016/08/29/roberts/)でも影響が語られているとおり、エドワード・ゴーリーの系譜にある。これほど文と絵に一体感があるのは、ミック・ジャクソンの文章が映像的であることと、デイヴィッド・ロバーツがテキストの読みに長《た》けていることが相乗的に働いたからだろうか。幸運な組み合わせとしか言いようがない。

『こうしてイギリスから熊がいなくなりました』は、イギリスの熊たちが、愚かな人間たちによって古代から近代にわたり辿ってきた苦難を、シニカルかつ寓話的な語り口で描く八編のクロニクルである。登場するのは、ぬいぐるみに腸《はらわた》を詰め直したかのように血肉の備わった熊たちだ。人間から身勝手に恐れられたり、持ち上げられたり、いたぶられたり、利用されたりしながらも、透徹《とうてつ》した存在感を保ち続けるその姿は、時にはユーモラスで、時には得体が知れず、時には人間よりも遥かに達観して見える。

「精霊熊」では、まだオイル・ランプもなく、真夜中になると闇が家々を埋葬するように飲み込んでいた時代が描かれる。迷信深い人々は、夜のざわめきや嵐を、悪魔の化身たる精霊熊たちが騒いでいるせいだと考えて恐れた。あるとき精霊熊を説得して村から追い出すことになり、ひとりの老人が選ばれて枝やコケや枯葉などで熊の姿をさせられて夜の森に送り出される。老人がだんだん正気を失っていく様子や、すべてが終わった後も、熊の姿になるのをやめられないのが哀しくもおかしい。

「罪食い熊」では、最後の審判に備えて、亡くなった人の罪をパンとビールを介して他人に食わせる、ウェールズなどで実際に下層の人々を雇って行っていた慣習を熊が担うことになった顚末《てんまつ》を描く。〈英熊関係〉と書かれているあたりから、この時代のイギリスには人間と熊それぞれの社会がありつつ、住み分けられてきたことが窺える。「精霊熊」では夜に属していた熊は、いまや人間の領域に足を踏み入れ、家の壁一枚を隔《へだ》てたところまで接近して罪食いを行うようになった。それにより一時は崇拝されるほどになるが、やがて人間たちの罪のあまりの大きさゆえに肩代わりを拒む。その罪の中には、未来に起きる熊の絶滅も含まれていたのではないか。それならば飲み込めるわけもない。これにより、〝熊は二度と許されることがなくなった〟という。

その罰であるかのように、「鎖につながれた熊」では、熊たちが柱に鎖でつながれ、大勢の観衆の中で犬にいたぶられる見世物《みせもの》が行われている。この〈熊いじめ〉も、実際に行われてきた歴史がある。この話は陰鬱で人類に強烈な恥辱を感じさせるので読み飛ばしてもいい、と読者に寄り添いつつ、そうすればもっと怖ろしいものを想像することになるだろうと遠回しに脅す著者の前置きがいい。残酷な〈熊いじめ〉が続けられるなか、サムソンという熊が生き残り続けて絶大な人気を呼び、恩赦《おんしゃ》を与える式典が行われるが、それがきっかけで大騒動が起こり、町は熊たちに三日間支配されてしまう。

そういう事態が生じたせいか、次の「サーカスの熊」では、見世物という状況は変わらないものの、〈熊いじめ〉に比べればすこしは穏便《おんびん》なものになり、熊は調教師に世話されるようになっている。実際には危険がないよう牙や爪を抜かれ、調教という名の虐待も行われていたのかもしれないが、この話ではこれまでとは異なり、老いた熊と飲んだくれの調教師がそれなりの信頼関係を作っている。ある時、調教師は老いた熊を森に帰そうとし、別れを惜しむふたりはしっかと抱きしめ合うが――

その場面を描いた一枚が、この本の挿絵の中で一番好きだ。熊と人間の関係に希望が見えたと同時に根本的な違いが露《あら》わになる瞬間は、滑稽《こっけい》で残酷で哀しい。主従という前提はあるにせよ、二者の間にはなにひとつ悪意などなかったというのに。

ミック・ジャクソンの小説では、『10の奇妙な話』の、溺れかけた美しい男を救った老姉妹がまた溺れさせる「ピアース姉妹」のように、しばしば登場人物が境界線を越えて日常が異様なものに変貌する。けれど熊の場合は、「鎖につながれた熊」や「サーカスの熊」のように人間からすれば豹変《ひょうへん》したように見えたとしても、いつもと同じように振る舞っているだけなのではないか。境界線を引くのは、いつだって人間の側なのだ。サーカスの熊たちは、最後にはそれらの境界線を軽やかに飛び越える、逃亡というこの上もないショーを読者に見せてくれる。

「下水熊」の十九世紀ロンドンでは、熊たちが地下に張り巡らされた下水網に閉じ込められ、水の流れを途絶えさせないよう労働させられている。当時は、下水がテムズ川に溢れて猛暑で大悪臭を放ったり、疫病の温床になったりした時代で、労働環境はとてつもなく過酷だったはずだ。

地下は、ミック・ジャクソンが繰り返し描いているテーマでもある。デビュー作の『穴掘り公爵』では、老境に差し掛かった公爵が、何かに駆り立てられるように邸から放射状に巨大なトンネルを掘るし、『10の奇妙な話』の「地下をゆく舟」では、定年後に地下室でボートを作っていた老人が、洪水でボートごと地底湖に流れ着く。著者にとって地下世界は、行き場を失った想像力の流れ着く場所であり、時には別の世界へ通じる、あるいは自分から逃れるための扉であるのかもしれない。「精霊熊」では恐怖心を掻き立て、家々を埋葬するように飲み込んでいた闇夜が、「下水熊」では翻って、灯りを手に入れた都市の地下にまるごと埋められたかのようだ。下水熊たちの存在をロンドンの市民がほとんど知らないのは、現実の熊の絶滅が意識に上らなくなっていることを表しているのかもしれない。

人間に似たものに労働をさせるところは、カレル・チャペックの『山椒魚戦争』で、人語を解し二本足で歩くサンショウウオが奴隷的労働力として使われる様を連想させる。これらの作品は、奴隷制度が、罪悪感なく過酷な労働を強要するために、同じ人間を異なる劣った生物と見なす、人間性の剝奪《はくだつ》であることを示しているとも言える。下水熊には最下層の労働者たちの扱いも重ねられているのだ。

「市民熊」では、時代は二十世紀に入っている。熊は地下からもいなくなり、人間になりすまして社会に紛れ込んでいる、という噂ばかりが囁かれている。なりすます、などと言うと宇宙人が密かに人間に入れ替わっていく侵略ものみたいだが、この話に登場する、後に熊だったのではと推測されるヘンリー・ハクスリーという潜水士は、いつも深海潜水服にすっぽりと身を包み、水中深く潜ってただただ寡黙に危険な仕事をこなす。人間の相棒の方は、ポンプで空気を送るときにも夢想の皮算用をして上の空となり、ハクスリーの身を危険に晒す。ここでは人間になりすました熊の方が遙かに優秀なのだ。

熊が人間になりすます「市民熊」も、人間が熊になりすます「精霊熊」も、熊の実在感が遠い時代を踏まえた寓話であり、この頃から有名な熊のキャラクターたちが現れだすのと無関係ではないのかもしれない。

これまでのほとんどの話で、熊たちは人間のいる世界から逃れようとしてきたが、その行方を描いたのが、最後を飾る「夜の熊」と「偉大なる熊《グレート・ベア》」の二話だ。

「夜の熊」では、世に忘れ去られたたくさんの熊たちが、太古の偉大な熊《グレート・ベア》の声に導かれて雪景色の中を進んでいく。やがてひと気のない教会を見つけて休んでいると、ひとりの老婦人がやってきて、熊たちは身を隠す。老婦人がハーモニウムを弾いて賛美歌をあやふやに歌い始め、熊たちは安らぎを覚える。その場面がひときわ素晴らしく感じられるのは、絶滅した熊たちへの鎮魂歌として描かれているからだろう。

「偉大なる熊《グレート・ベア》」では、少年たちが丘に埋まる舟を発見し、多くの人たちの手によって発掘される。「時の面影」という映画にもなった、サフォーク州のサットン・フーの丘で発掘されたアングロサクソン時代の船葬墓が発想の元になったのかもしれない。

熊たちが掘り返された舟に乗り込んで大海原を進みだすと、『こうしてイギリスから熊がいなくなりました』というタイトルが幾重にも胸に響いて、人間のいる世界が熊にとってのノアの大洪水であり、舟が熊のための方舟《はこぶね》に思えてくる。洪水はやがて引くだろうか。熊たちは再び大地を踏みしめられるだろうか。すべての生物を絶滅させる大洪水はもう起こさない、と神は契約してくれるだろうか。契約の証である虹は出るだろうか。

本書は二〇一八年小社刊『こうしてイギリスから熊がいなくなりました』の文庫化です。

検　印
廃　止

訳者紹介　翻訳家、物書き。コナリー「失われたものたちの本」、ジャクソン「10の奇妙な話」、エイヴヤード〈レッド・クイーン〉シリーズ、コルファー〈ザ・ランド・オブ・ストーリーズ〉シリーズなど訳書多数。

こうしてイギリスから
熊がいなくなりました

2022年11月18日　初版
2023年11月10日　再版

著　者　ミック・ジャクソン

訳　者　田《た》　内《うち》　志《し》　文《もん》

発行所　（株）東京創元社
代表者　渋谷健太郎

162-0814／東京都新宿区新小川町1-5
電　話　03・3268・8231－営業部
　　　　03・3268・8204－編集部
URL　http://www.tsogen.co.jp
DTP　キャップス
暁印刷・本間製本

乱丁・落丁本は、ご面倒ですが小社までご送付ください。送料小社負担にてお取替えいたします。

ISBN978-4-488-59404-6　C0197

創元推理文庫

奇妙で愛おしい人々を描く短編集

TEN SORRY TALES◆Mick Jackson

10の奇妙な話

ミック・ジャクソン 田内志文 訳

◆

命を助けた若者に、つらい人生を歩んできたゆえの奇怪な風貌を罵倒され、心が折れてしまった老姉妹。敷地内に薄暗い洞穴を持つ金持ち夫婦に雇われて、“隠者”となった男。“蝶の修理屋”を志し、手術道具を使って標本の蝶を蘇らせようとする少年。——ブッカー賞最終候補作の著者による、日常と異常の境界を越えてしまい、異様な事態を引き起こした人々を描いた珠玉の短編集。

収録作品＝ピアース姉妹，眠れる少年，地下をゆく舟，蝶の修理屋，隠者求む，宇宙人にさらわれた，骨集めの娘，もはや跡形もなく，川を渡る，ボタン泥棒